KB114576

내 손끝의
탑스타

내 손끝의 탑스타 4

박콜 장편소설

초판 1쇄 찍은 날 § 2018년 1월 16일
초판 1쇄 펴낸 날 § 2018년 1월 23일

지은이 § 박콜
펴낸이 § 서경석

총괄팀장 § 최하나
편집책임 § 신보라
편집 § 이지연
디자인 § 신현아

펴낸곳 § 도서출판 청어람
등록번호 § 제387-1999-000006호
등록일자 § 1999. 5. 31
어람번호 § 제1-2831호

주소 § 경기도 부천시 부일로 483번길 40 서경B/D 3F (우) 14640
전화 § 032-656-4452 팩스 § 032-656-4453
http://www.chungeoram.com
E-mail § chungeorambook@daum.net

ISBN 979-11-04-91608-3 04810
ISBN 979-11-04-91513-0 (세트)

내 손끝의 탑스타

박골 장편소설

FUSION FANTASTIC STORY

4

도서출판 청어람

Contents

1장 당신의 소녀가 되어드리겠습니다!II ◆ 007

2장 판사님, 저는 아무것도 하지 않았습니다 ◆ 039

3장 을이 갑을 다시 만났을 때 ◆ 089

4장 소녀는 무대 위에 I ◆ 133

5장 소녀는 무대 위에 II ◆ 183

6장 엄마가 섬 그늘에 ◆ 231

7장 인연은 기회를 싣고 I ◆ 277

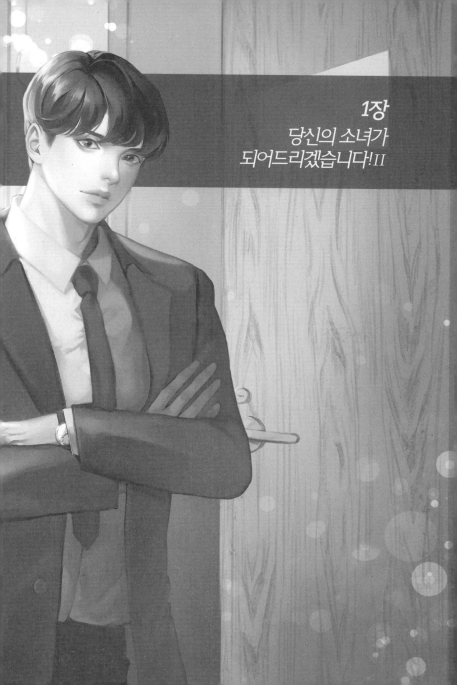

1장
당신의 소녀가
되어드리겠습니다! II

A등급 연습생들이 자리를 비켜주자 이솔이 센터로 자리를 잡았다. TV 화면으로 보고 있던 손태명과 오승석이 동시에 이마를 부여잡았다.

'이게 이 작가님이랑 릴리 씨가 말한 선물이라는 건가?'

아직까지는 그다지 달가운 선물은 아니었다. 벌써 커뮤니티마다 이솔의 센터 등극을 놓고 논란이 벌어지고 있었다.

현우는 급히 '프로듀스 아이돌 121' 홈페이지 게시판에 들어가 보았다.

2117 릴리랑 심사위원들이 F등급 준 거 아니었음? 그런데 왜 갑자기 A등급 연습생들 다 제쳐놓고 이솔이 센터임? 제작진, 대체 뭐임?

2118 제작진 어그로 진짜 장난 없네? 이거 제대로 못 풀면 다시는 안 본다! ㅅㅂ

2119 아니 어지간하면 참고 보는데 이솔이 갑자기 왜 센터? ㅋㅋㅋ

"하아, 미치겠네."

순둥이 같은 성격과 다르게 이승훈 피디의 연출력이 보통이 아니었다. 2회 차 방송이 시작되자마자 대중들을 상대로 집채만 한 떡밥을 던지고 있었다. 프아돌 공식 게시판이 이정도인데 다른 곳의 반응은 안 봐도 비디오였다.

"시작한다."

손태명의 말에 현우가 TV로 시선을 돌렸다. 121명의 단체 무대를 위해 만들어진 'It's me'는 강렬한 사운드가 인상적인 일렉트로니카 장르의 곡이었다.

삼각형 무대에 분홍빛 레이저가 쏘아지며 강렬한 전주가 흘러나왔다. 이윽고 A등급 연습생 20명과 센터 이솔이 대형을 잡았다.

이솔의 절도 있는 독무를 시작으로 A등급 연습생들이 춤을 추기 시작했다. 뒤이어 앞뒤 좌우에서 삼각형 무대가 떠오르며 서서히 합쳐졌다. 뒤늦게 등장한 연습생들도 노래에 맞춰 춤을 추기 시작했다.

121명의 연습생이 똑같은 교복을 입고 군무를 추는 진풍경이 벌어졌다. 얼마나 혹독하게 훈련을 시켰는지 121명의 연습생은 한 치의 오차도 없어 보였다.

하지만 확실히 실력 차이가 났다. A등급 연습생들 쪽으로 시선이 가는 것은 어쩔 수가 없었다. 특히 어울림 연습생들의 존재감이 독보적이었다. 네 명의 아이가 이솔의 좌우에 서서 존재감을 뿜어내고 있었다.

특히 이솔은 작정한 듯 파워풀한 춤을 선보이고 있었다.

"쪼끄만 게 어디서 저런 힘이 나오는 거야?"

오승석이 오버 페이스를 하고 있는 이솔을 걱정했다.

하이라이트 부분이 지나고 무대가 끝이 났다.

카메라가 A등급 연습생들을 잡아주었다. 그러다 점점 카메라가 이솔을 클로즈업했다. 이솔이 헬로키티 가면을 벗었다. 그리고 거친 숨을 몰아쉬며 아련한 눈동자로 카메라를 쳐다보았다.

"······."

"······."

어울림 사무실에 침묵이 내려앉았다. 현우의 얼굴에 점점 미소가 어렸다. 마지막 엔딩 장면이 계속 뇌리에 남을 정도였다.

"솔이 미쳤는데?"

현우가 씩 웃으며 말했다. 이번 단체 무대를 놓고 많은 논란이 벌어지고 있었지만, 마지막 엔딩만큼은 그 누구도 이솔을 욕할 수가 없을 것이라는 생각이 들었다.

*　　　*　　　*

단체 무대가 끝이 나고 합숙소 생활이 나왔다. 10대 소녀들이 대부분인 만큼 합숙소 생활은 수다스럽고 밝은 분위기였다.

그리고 다음 날부터 등급별 트레이닝이 시작되었다. 트레이닝 룸으로 F등급 연습생들이 문을 열고 들어왔다. 서로 어색한 분위기였다.

"난 스물한 살 유은이라고 해. 우리 서로 간단하게 소개해 보면 어떨까?"

"열여섯 살 전유지입니다!"

"열아홉 살 양시시예요. 중국에서 왔어요. 잘 부탁드리겠습니다!"

"김세희입니다. 열아홉 살이에요."

"하잉입니다. 베트남에서 왔어요. 열아홉 살입니다."

사바나의 유은을 시작으로 연습생들끼리 서로 인사를 주고받았다. 그때 문이 열리며 이솔이 들어왔다. 무대 공포증을 앓고 있다는 이솔이 나타나자 분위기가 다시 어색해졌다. 유은이 얼른 바닥에서 일어났다.

"어제 무대 정말 잘 봤어. 너무 멋있더라."

"감사합니다."

"나랑 우리 사바나 멤버들은 고양이 소녀들 일본 공연 영상 진짜 많이 봤어."

"정말요?"

낯을 가리는 이솔도 붙임성이 좋은 유은과는 금방 친해졌다. 전유지와 양시시는 물론 다른 F등급 연습생들도 이솔과 인사를 주고받았다.

'유은 덕분에 솔이가 다른 아이들이랑 쉽게 친해졌구나.'

현우의 머릿속에 지난 월요일 짧게 인사만 주고받던 유은이 떠올랐다.

연습생들이 친분을 쌓는 사이, 트레이닝 룸 안에 릴리가 들어왔다. 1세대 걸 그룹 출신이자 유명 안무가인 릴리의 등장에 연습생들이 앞다투어 인사를 했다.

"다들 긴장할 거 없어. 어차피 하루 이틀 볼 사이도 아니잖아? 그럼 너희들 사전 실력 평가 영상을 다시 틀어볼게."

트레이닝 룸 안에 있는 스크린에서 영상이 흘러나오자 연습생들이 창피함에 어쩔 줄을 몰라 했다.

"너희들, 정말 아이돌 지망생 맞아? 특히 프리즘이랑 사바나는 데뷔까지 하고 음악 방송 무대랑 행사 무대도 많이 뛴 걸로 아는데… 어떻게 된 거니?"

"죄송합니다. 열심히 하겠습니다!"

"3일 후에 등급 재심사가 있을 거야."

연습생들이 술렁이기 시작했다. 몇몇 연습생들 얼굴로 희망이 어렸다.

"지금 실력들을 가지고 F등급을 벗어날 수 있을 거라고 생각하니? 아닐걸? 너희들한테 주어진 시간은 3일이야. 난 3일 동안 최선을 다해서 너희들을 가르칠 거야. 따라오지 못할 거 같으면 지금이라도 나가. 말리지 않을게."

릴리의 냉정한 말에 연습생들이 얼어붙었다.

"좋아, 다들 의지는 있다고 생각할게. 그럼 이제 너희들이 연습해야 할 곡을 보여줄게."

스크린으로 'It's me'의 가이드 영상이 흘러나왔다. 고난이도의 안무에 연습생들의 표정이 어두워졌다.

가이드 영상이 끝나고 릴리가 본격적으로 안무를 가르치기 시작했다.

"가관이네, 가관이야."

오승석이 연습생들을 보며 고개를 저었다. 기초적인 안무조차도 따라가지 못하고 있었다. 수월하게 안무를 익히고 있는 이솔과는 너무나도 대조적이었다.

릴리의 얼굴도 점점 굳어져 갔다. MR을 끄고 릴리가 팔짱을 꼈다.

"너희들, 지금 뭐 하고 있는 거야? 어떻게 한 시간 동안 간단한 기본 안무도 외우지 못하는 거야? 이딴 식으로 할 거면 뭐 하러 연습을 해?"

싸늘한 표정으로 혼을 내는 릴리를 보고 전유지가 결국 눈물을 흘렸다. 릴리가 결국 한숨을 푹 내쉬었다.

"오늘은 여기까지 하자. 저녁 먹고 연습 있으니까 충분히 쉬도록 해. 다들 고생했어."

수업이 끝이 났다. 릴리가 사라지자 연습생들이 바닥으로 하나둘 쓰러졌다.

여기저기에서 앓는 소리가 터져 나왔다. 그렇게 한참을 널브러져 있다가 유은이 바닥에 앉아 이솔을 바라보았다. 이솔이 홀로 안무 연습을 하고 있었다.

유은이 이를 악물고 자리에서 일어나 안무 연습을 시작했다. 뒤이어 다른 연습생들도 안무를 연습하기 시작했다. 안무를 기억하고 있는 이솔과 다르게 다른 연습생들은 안무를 하나도 기억하지 못하고 허둥거리고 있었다.

결국 이솔이 입을 열었다.

"저기, 실례가 되지 않는다면 제가 좀 가르쳐 드려도 될까요?"

"그, 그래줄 수 있어?"

유은이 반색했다.

"감사합니다, 언니!"

전유지도 마찬가지였다.

"그럼 동작 하나하나 끊어서 가르쳐 드릴게요."

이솔이 연습생들에게 안무를 가르치기 시작했다. 기본적인 동작도 쉽게 따라 하지 못했지만 그럴 때마다 이솔은 연습생들의 자세까지 잡아주며 안무를 가르쳐 주었다.

한 시간이 지나고 두 시간이 지나자 유은과 전유지가 조금씩 안무를 따라 하기 시작했다. 덩달아 이솔의 표정도 밝아졌다.

다시 화면이 바뀌며 다른 등급 연습생들의 트레이닝 룸이 순서대로 비춰졌다.

"생각한 것보다 솔이 분량이 많아."

현우가 TV 화면을 보며 말했다. 첫 오프닝 단체 무대에서도 이솔을 센터로 세우더니 등급별 트레이닝 때도 F등급 반의 비중이 가장 컸다.

"괜찮을까? 논란만 더 키우는 거 아냐?"

오승석이 걱정을 했지만 현우는 생각이 달랐다.

"첫 방송에서 떡밥을 던졌으니 오늘 방송에서 떡밥을 회수하겠다는 생각 같아."

"그래? 그럼 다행이긴 한데 말이야."

등급별 트레이닝 파트가 지나가고 저녁 시간이 되었다. 카메라가 숙소와 연습생들을 잡아주었다. 식당으로 연습생들이 하나둘 모여들었다.

"솔이는?"

"어? 솔이가 없네?"

김수정과 배하나가 식당을 둘러보았다. 이솔도 없었고 F등급 연습생들도 보이지 않았다.

"연습하고 있는 거 아닐까?"

유지연이 말했다.

카메라가 다시 F등급 연습생들을 비추었다.

유지연의 말대로 이솔과 연습생들은 아직도 트레이닝 룸에서 연습을 하고 있었다. 다들 이솔을 따라 안무를 외우고 있었다.

잠시 후 트레이닝 룸 문이 열리며 릴리가 나타났다. 땀에 흠뻑 젖어 있는 연습생들의 모습에 릴리의 표정이 흔들렸다.

"너희들, 지금까지 연습한 거야?"

"네. 솔이가 가르쳐 주기는 했는데 춤이 너무 어려워요."

"그래? 한번 보여줄래?"

이솔을 센터로 두고 연습생들이 'It's me'의 안무를 추기 시작했다.

벌써 완벽하게 안무를 습득한 이솔과 달리 연습생들은 아직도 안무가 어설펐다.

하지만 유은과 전유지, 그리고 김세희의 실력이 눈에 띄게 늘어나 있었다.

"그만."

연습생들이 바닥에 주저앉아 숨을 몰아쉬었다. 그런데 갑자기 릴리가 눈물을 흘리기 시작했다.

"어? 서, 선생님!"

이솔이 놀라며 릴리에게 다가갔다. 다른 연습생들도 마찬가지였다.

"저녁은 먹고 연습해야지! 너희들, 정말 바보야?"

릴리와 연습생들이 서로를 껴안고 울기 시작했다.

TV로 이 광경을 보고 있던 현우는 이진이 작가를 떠올렸다. 예능 오디션 프로에서 드라마 같은 장면이 연출되고 있었다.

방송에 집중하느라 기사나 커뮤니티 반응은 보고 있지 않았지만, 어떤 반응이 나올지 대충 짐작이 갔다.

'역시 믿을 만한 여자야.'

마음이 놓였다.

*　　　　*　　　　*

드라마 같은 장면은 계속해서 연출되었다. 이틀 밤낮을 가리지 않고 맹연습 중인 F등급 연습생들과 이솔의 모습이 비중 있게 다뤄졌다.

그리고 대망의 등급 재심사 날이 다가왔다.

3일 동안 있었던 등급별 트레이닝은 많은 이변을 불러왔다. A등급을 받은 연습생 몇 명이 B등급으로 강등당하는가 하면, C등급에 머물러 있던 연습생이 B등급으로 올라가기도 했다.

김수정과 유지연, 이지수와 배하나는 'It's me'를 완벽하게 숙지하며 A등급을 유지했다. 그리고 마지막으로 F등급 연습생들의 등급 재심사가 이루어졌다.

대부분의 F등급 연습생들이 F등급을 유지했지만, 전유지와 유은, 그리고 김세희가 기적처럼 C등급을 받았다.

　"솔이가 아니었으면 영원히 F등급이었을 거예요."

　"이솔 언니가 진짜 열심히 도와줬어요. 언니 덕분에 올라갔어요."

　"솔이한테 너무 고마워요. 그동안 혼자 연습하느라 너무 힘들었거든요."

　VCR 속 유은과 전유지, 김세희가 이솔에게 고마워하며 울먹거렸다. 비록 승급은 하지 못했지만 양시시와 하잉도 이솔에게 고마움을 표시했다.

　그리고 마침내 이솔의 차례가 다가왔다.

　심사위원들이 트레이닝 룸에 모여 이솔의 VCR를 감상하기 시작했다.

　전주가 흘러나왔고, 이솔이 능숙하게 'It's me'의 안무를 소화했다. 독방에서 녹화가 이루어져 이솔은 가면도 쓰지 않은 상태였다.

　"실력 면에서는 단연 최고예요. 그렇지 않아요?"

　"맞아요. 제일 빨리 안무를 습득한 아이니까요. 세 아이가 C등급으로 올라가는 데 솔이의 역할이 컸어요. 다른 아이들도 실력이 많이 올라갔고요."

　안무 선생 박정윤과 릴리가 서로 의견을 주고받았다.

"가면을 쓰지 않고 무대를 보니까 훨씬 더 몰입이 되네요. 그런데 문제는 가면을 쓰지 않으면 무대에 서지 못한다는 거잖아요?"

보컬 선생 이아진의 말에 심사위원들은 갈등에 휩싸였다.

"결국 F등급을 줄 수밖에 없는 거네요."

랩 선생 블랙로즈가 안타까움을 숨기지 못했다. 결국 월등한 실력에도 이솔은 F등급을 받고 말았다.

'그런데도 A등급 연습생들이랑 함께 센터에 섰다고?'

현우의 얼굴이 찌푸려졌다. 무언가 석연치가 않았다.

그때 릴리가 흥미로운 제안을 꺼내 들었다.

"그럼 이번 단체 무대 센터는 연습생들 투표로 뽑는 게 어떨까요?"

다른 심사위원들이 흥미로운 얼굴들을 했다. 릴리가 미소를 머금었다.

"어쩌면 솔이한테 기회가 될 수도 있잖아요? 또 투표니까 공정성에도 아무 문제가 없고요."

심사위원들이 흔쾌히 릴리의 제안을 받아들였다.

화면은 다시 스튜디오로 넘어왔다. 첫 방송 때 앉은 순서대로 연습생들이 자리를 잡고 있었다.

송지유가 스튜디오의 중앙으로 걸어왔다.

"안녕하세요. 그동안 잘 지내셨나요?"

"네!"

연습생들이 한목소리로 소리쳤다. 송지유가 고개를 끄덕인 다음 다시 마이크를 들었다.

"이제 내일이면 여러분의 단체 무대가 방송에 나갈 거예요. 등급 재심사는 끝났지만 아직 센터가 정해지지 않았죠? 그래서 한 가지 제안을 하려고 합니다. 이번 단체 무대 센터는 특별히 여러분의 투표를 통해 뽑겠습니다."

송지유의 말에 스튜디오가 웅성거렸다.

"투표는 한 사람에게만 할 수 있습니다. 그럼 투표를 시작하겠습니다."

스태프들이 커다란 투표 상자와 투표용지를 들고 나타났다. 엄숙한 분위기 속에서 투표가 진행되었다. 투표는 30분 만에 끝이 났고, 스태프의 주도 아래 개표가 이루어졌다.

또각또각.

하이힐 소리와 함께 송지유가 다시 스튜디오로 나타났다. 잔뜩 긴장한 표정으로 연습생들이 송지유를 쳐다보았다.

송지유가 손에 들고 있는 작은 종이 하나를 펼쳐보았다.

"결과가 나왔어요. 이번 단체 무대의 센터는 어울림 엔터테인먼트의 연습생 이솔입니다."

송지유의 말에 연습생들이 크게 놀랐다.

C등급을 받은 유은과 전유지, 김세희가 꼴등 자리에 앉아 있는 이솔에게 달려가 안겼다. F등급 연습생들도 자리에서 일어나 박수를 치며 좋아했다.

오직 이솔만이 얼떨떨한 표정을 짓고 있을 뿐이다.

＊　　　＊　　　＊

2회 차 방송이 끝나고 월요일 아침이 되었다.

첫 방송이 대형 떡밥을 던지는 데 주력했다면, 2회 차 방송은 그 떡밥을 회수하는 데 많은 노력을 기울였다는 평가를 받고 있었다.

오전부터 포털 사이트에 호의적인 기사들이 연달아 올라오고 있었다.

[프로듀스 아이들 121 2회는 감동의 드라마!]

지난 주 첫 방송 후 많은 논란을 낳은 프로듀스 아이돌 121은 2회 방송에서 그간의 논란을 잠재우는 데 주력했다. 방송 시작 무렵에는 F등급 이솔이 단체곡의 센터로 낙점되어 많은 논란을 불러일으켰다. 하지만 본방송에서 F등급을 받은 이솔의 일거수일투족이 비춰지며 논란을 가라앉혔다. 이솔은 F등급 연습생들의 연습을 도와주었고, 결국 사바나의 유은과 프리즘의 전유지, 그리고 개인 연습생 김세희가 C등급을 받으며 F등급을 벗어났다. 특히 냉정하기로 유명한 안무가 릴리와 F등급 연습생들이 서로를 끌어안고 울음을 터뜨린 장면에서는 분당 최고 시청률 13.4%를 기록하기도 했다. 이솔은 결국 연습생 투표에서 1등을 하며 단체곡의 센터로 서게 되었고, 지난 일주일간의 노력과 배려를 보상받았다.

―프아돌 센터는 이솔이지! 춤, 노래, 외모 3박자가 다 맞아떨어짐! 솔아, 언니가 격하게 아낀다! (공감1,421/비공감120)

―솔부기 사랑한다! 갓 부기! 갓 솔! (공감1,371/비공감153)

―저랑 같이 이솔한테 입덕하실 분? (공감1,204/비공감139)

―릴리랑 이솔이랑 케미 진짜 좋아. ㅠㅠ (공감1,115/비공감86)

―역시 무형 출신 제작진이라 실망시키지를 않음. ㅋ (공감928/비공감127)

―K―POP 슈퍼 아이돌보다 재미있는 거 같음. ㅎㅎ (공감891/비공감359)

―케슈아는 실력 떨어지는 연습생들 낙오자로 만들어 버리는데 프아돌은 그래도 F등급 연습생들 끝까지 챙기려 하는 게 마음에 듦. 같은 흙수저라 그런지 마음이 감. ㅜㅜ (공감875/비공감41)

"이게 또 여론이 이렇게 바뀌는구나. 연출이 무섭긴 무섭다, 현우야."

손태명의 말에 현우는 공감하며 고개를 끄덕거렸다. 첫 방송 후 벌어진 논란이 2회 차 방송이 나간 이후부터는 점점 잦아들고 있었다.

그리고 논란의 중심에 섰던 이솔의 인기가 하늘을 찌르고 있었다.

"솔부기, 갓 부기, 갓 솔. 지유를 따라가려면 멀었지만 벌써 별명도 세 개야."

현우가 피식 웃으며 말했다.

주요 커뮤니티나 공식 홈페이지 게시판의 여론도 기사의 댓글들과 별반 다르지 않았다.

"시청률 몇 퍼센트 나왔다고 했지?"

손태명이 물었다. 현우는 이진이가 보낸 코코넛 톡을 확인했다.

"10.9%다."

"그래? 벌써? 케슈아는?"

"SBC 쪽은 8.7% 나왔다고 하더라."

"점점 격차가 벌어지고 있네. 다행이다. 이장호까지 나온다고 해서 우리 처음에 걱정 엄청 많이 했잖아."

"그랬지."

확실히 그랬다. 3대 기획사의 수장들이 심사위원으로 나오는 만큼 'K—POP! 슈퍼 아이돌!'에 대한 기대치는 매우 높았다.

하지만 케슈아는 시청률이 9%대에 그치며 2주 연속 시청률 싸움에서 밀리고 있는 추세였다.

현우의 시선이 포털 사이트의 기사 하나로 고정되어 있었다.

['K—POP! 슈퍼 아이돌!' 시청률 싸움에서 2주 연속 패배! 무엇이 문제인가?]

벌써 수많은 댓글이 달려 있었다.

'연출은 없고 경쟁만 있으니 시청자들이 피로감을 느낄 수밖에.'

'프로듀스 아이돌 121'은 연습생들의 이야기에 초점을 두고 시청자들의 공감을 이끌어내고 있었다. 하지만 'K—POP! 슈퍼 아이돌!'은 모든 초점이 3대 기획사의 수장들에게 향해 있었다.

실제로 케슈아 공식 홈페이지나 게시판에는 누가 더 그럴듯한 평가를 내렸는지에 대한 이야기가 주를 이루고 있었다. 연습생들도 그들의 이야기보다는 실력과 탈락, 합격 여부가 더 많이 거론되고 있었다.

결국 두 프로그램의 성패를 가른 건 '이야기가 있느냐, 아니면 이야기가 없느냐'에 따른 차이라고 현우는 생각했다.

"SBC는 속 좀 쓰리겠네. 제작비 장난 아니라며?"

"뭐, 그렇겠지. 그래도 무작정 마음을 놓을 수는 없어. 이제 겨우 2회 차 방송이 나갔을 뿐이야. 시청률이 그렇게 많이 차이 나는 것도 아니고, SBC도 가만있지는 않을 거야."

"그렇겠지. 잠깐, 누가 온 것 같은데?"

3층 사무실 인터폰이 울리고 있었다.

"현우야, 백 팀장님인데?"

"그래? 이 시간에?"

3층 사무실로 백동원이 올라왔다. 현우는 간단하게 미니 냉장고에서 커피 캔을 꺼내주었다.

"여름이라 덥긴 덥네요."

백동원이 커피 캔을 단숨에 들이마셨다.

현우는 백동원이 이른 아침부터 어울림을 찾아온 이유를 대강 알 것 같았다.

잠시 뜸을 들이다 백동원이 입을 열었다.

"소연이랑 현주가 탈락했습니다."

"알고 있습니다. 아이들이 상심이 크겠네요."

'K—POP! 슈퍼 아이돌!'은 철저한 경쟁 체제인 만큼 3 대 기획사 수장들의 냉정한 평가가 계속되었다. 결국 2회 차 방송에서 박소연과 김현주가 탈락하고 말았다.

"그렇죠. 이럴 줄 알았으면 프아돌에 출연했을 거라고 하도 울고불고해서 달래느라 고생 좀 했습니다."

박소연과 김현주의 예상과 다르게 전유지와 양시시는 프아돌에서 결코 비중이 적지 않았다. 조금씩 전유지와 양시시의 팬들도 생겨나고 있었다.

"유지랑 시시는 잘 풀리는 거 같은데 소연이랑 현주가 저렇게 되어버렸다고 사장님도 고민이 많으십니다. 그렇다고 이제 와서 아이들을 프아돌에 출연시킬 수도 없고 진짜 난감하네요."

백동원의 얼굴에 안타까움이 어려 있다. 경쟁이 치열한 연예계였다.

코인 엔터는 현우로 인해 얻은 천금 같은 기회를 사장의 판단 미스로 반쯤 날려먹은 것이나 마찬가지였다.

"하아, 어떻게 얻은 기회인데……."

백동원이 진심으로 아쉬워했다.

"유지랑 시시가 잘되면 소연이랑 현주도 빛을 볼 겁니다."

"부디 그랬으면 좋겠네요."

그렇게 말을 하고 백동원이 잠시 뜸을 들였다.

"저어… 대표님, 확실한 건 아닙니다만, 소연이랑 현주한테 들은 이야기가 있어서 말입니다."

"들은 이야기요?"

"예. 사실 오늘 어울림에 찾아온 것도 이 이야기를 전해 드릴까 해서입니다. 확실한 게 아니라서 말씀을 드려야 할지, 아니면 말아야 할지 고민이 되네요."

"괜찮습니다. 편하게 말씀하세요."

현우의 권유에 백동원이 잠시 생각하다 입을 열었다.

"S&H 매니저들이 조만간 프아돌 쪽에 일이 하나 터질 거라고 이야기하는 걸 소연이랑 현주가 매니저 대기실을 지나가다가 우연히 들었답니다. 확실하지는 않아요. 아이들이 잘못 들었을 수도 있고… 경쟁 프로니까 매니저들이 그냥 하는 이야기일 수도 있습니다."

"……!"

문득 좋지 않은 예감이 들었다.

"에이, 설마 진짜 무슨 일이 있을까요?"

백동원이 현우를 안심시키려 했다.

"뭐 별일 없을 겁니다. 백 팀장님도 너무 걱정하지 마세요."

현우가 빙긋 웃으며 대답했다.

겉으로는 내색하지 않았지만, 현우는 내심 걸리는 부분이 하나 있었다.

바로 S&H의 매니저들이 그런 이야기를 했다는 사실이다. 대학 축제 때도 그렇고 저번 소주 광고 건까지 S&H와는 유독 이상하게도 충돌이 잦았다.

'우리 프로그램에 일이 하나 터질 거라고?'

찜찜한 느낌을 도무지 지울 수가 없었다.

백동원이 돌아가고 현우는 손태명과 함께 근처 단골 백반 가게에서 아침을 먹고 있었다.

"현우야, 아무리 생각해도 S&H 매니저들이 한 말이 계속 신경 쓰여."

현우가 수저를 내려놓았다.

"나도 마찬가지야. 그래서 말인데, 너 S&H에서 일할 때 친하게 지내던 사람들 없냐?"

"몇 명 있기는 한데, 다들 신참 로드들이라 자세한 사정까지는 모를걸?"

"지혜는?"

"지, 지혜? 괜찮겠어? 너한테 화 엄청 나 있던데?"

손태명이 말을 더듬었다. 셋이서 S&H에 입사 시험을 보기로 해놓고 어울림으로 면접을 보러 간 현우였다. 어디 그뿐인가. 결국에는 손태명마저 어울림으로 데리고 왔다.

"다 지난 일인데, 뭐. 스타일리스트 팀이니까 현장에서 듣는 이야기도 많을 거야. 일단 내가 전화해 볼게."

현우는 오랜만에 이지혜에게 전화를 걸었다.

—김현우?

"응, 나야."

─야! 이 나쁜 새끼야! 몇 달 만에 전화해서 응, 나야?! 응, 아니다, 이 자식아!

현우는 급히 핸드폰에서 얼굴을 떼었다.

"거봐. 너한테 엄청 삐져 있다니까."

손태명이 절레절레 고개를 저었다.

"욕 다 했냐?"

─그래, 다 했다!

"잘 지냈어?"

─잘 지냈다, 왜?!

"말 좀 예쁘게 하자. 내가 사과할게. 미안하다, 지혜야."

핸드폰 너머에선 잠시 아무 말도 없었다.

─비싸고 맛있는 거 사주면 정상참작 해줄게.

"오케이, 알았어. 방금 태명이랑 아침 먹었으니까 저녁때 보자."

─오늘? 알았어. 이따 봐.

툭. 전화를 끊고 현우가 어깨를 으쓱해 보였다. 손태명이 어이없다는 표정을 짓고 있다.

월요일 저녁이라 그런지 가게 안은 한산했다. 현우는 손태명과 함께 이지혜를 기다리고 있었다. 잠시 후, 문이 열리고 큰 키에 패셔너블한 스타일의 단발머리 여자가 가게 안을 두

리번거렸다.

이지혜였다.

"김현우! 손태명! 내 새끼들, 잘 있었어?!"

이지혜가 두 팔을 벌리며 다가왔다. 현우와 손태명이 나란히 이지혜의 팔을 저지했다.

"뭐야? 반가워서 인사 좀 하려고 했더니 너무하네. 김현우, 사람들이 알아본다고 지금 사리는 거야?"

"사리기는 뭘 사려? 네 헤드락에 한두 번 당하냐?"

"안 속네. 어쨌든 둘 다 좋아 보이네. 특히 김현우 너, 요즘 엄청 잘나가더라? 고등학교 친구들이 너 소개해 달라고 난리야."

"그래? 그래서 뭐라고 했는데?"

"내가 꼬셔서 인생 역전 할 거라고 했지."

"마음에 없는 소리 하지 마라."

"쳇, 들켰네. 일단 먹자. 나 엄청 배고파. 이모, 여기 제일 비싼 한우 등심으로 6인분 주세요!"

식사를 하며 현우는 이지혜와 근황에 대한 이야기를 주고받았다. 그리고 식사가 거의 끝나갈 무렵 현우가 조용히 입을 열었다.

"지혜야."

"응? 왜?"

이지혜가 커다란 상추쌈을 우걱우걱 씹으며 물었다. 볼에 묻은 파절임을 떼어주며 현우가 백동원에게 들은 이야기를 꺼내었다.

"정말 우리 회사 매니저들이 그렇게 말했대?"

"응. 확실한 건 아니지만 너도 알다시피 우리 어울림이랑 S&H랑 인연이 깊거든."

"알고 있어. 회사에서도 송지유한테 신경 많이 쓰는 거 같았어. 광고 때 말 많았잖아. 걸즈파워 음원 성적도 별로였고. 하여간 너 진짜 대단해. 근데 왜 하필 우리 회사랑 매번 트러블이 나는 거야?"

이지혜가 길게 한숨을 내쉬었다.

"얻어먹은 것도 있으니까 어쩔 수 없네. 내가 한번 알아볼게. 그렇지 않아도 케슈아에 현장 지원 스케줄 잡혀 있어. 근데 이거 때문에 나 보자고 한 거야?"

이지혜가 삐친 얼굴을 하며 물었다. 덩달아 현우도 피식 웃었다.

"겸사겸사 보자고 한 거지. 그래도 회사에 잘 적응한 거 같아서 다행이네. 앞으로 자주자주 보자고."

"당연하지! 너 돈도 많다며? 내가 너랑 태명이 업어서 키웠는데."

"그랬냐? 태명아?"

"모르겠다. 내 기억에는 없어."

"와, 이것들이 같은 회사라고 나 왕따 시키네? 이모, 여기 4인 분 더 주세요!"

이지혜가 씩씩거리며 추가로 주문했다.

"이런다고 현우가 눈 하나 깜짝할 거 같아? 지유가 찍은 광고만 네 개야, 네 개. 그리고 조만간 지유 음원 수입도 들어올 거야. 기왕 뜯어먹을 거면 차라리 이 가게를 사달라고 해봐."

"몰라. 일단 먹고 죽을 거야."

이지혜가 단숨에 소주를 들이켰다.

＊　　　＊　　　＊

현우의 우려와 달리 '프로듀스 아이돌 121'은 순항에 순항을 거듭하고 있었다. 3회 차 방송에서는 시청률 12%를 기록했고, 4회 차 방송에서는 무려 14%의 시청률을 기록했다.

첫 방송과 2회 차에서 이솔과 F등급 연습생들을 집중적으로 부각시켰다면 3회 차와 4회 차에서는 모든 연습생에게 적절하게 분량이 주어졌다.

그중에서도 어울림의 연습생들은 매 회 화제를 낳고 있었다. 같은 A등급의 연습생이었지만 어울림 연습생들의 실력이 월등히 뛰어났기 때문이다.

다섯 아이들은 등급별 트레이닝과 개인 미션에서 돋보이는 활약을 거듭하고 있었다.

그리고 이솔에게 새로운 별명이 생겨났다. '오솔길'이라는 별명이었는데, 이솔의 도움을 받은 베트남 출신 개인 연습생 하잉과 프리즘의 양시시가 C등급으로 승격하며 붙은 별명이다.

하지만 여전히 이솔은 F등급 반에 남아 있는 상황이었고, 그 덕분에 시청자들의 호기심과 관심은 더욱 증폭되어 가고 있었다.

어울림도 덩달아 행복한 나날을 보내고 있었다. 이제는 송지유뿐만 아니라 다섯 아이에게도 대중의 관심이 쏟아지고 있었다.

"다들 너무 성급해."

노트북 화면을 보며 현우가 혼잣말을 했다.

포털 사이트로 프아돌에 출연하고 있는 연습생들의 기사들이 넘쳐났다. 특히 서아라가 소속되어 있는 플래시즈 엔터는 꾸준히 소속 연습생들에 관한 기사를 올리고 있었다.

"홍보도 좋지만 언플이 심하면 오히려 반발을 살 텐데 왜들 이러는 거지? 이미지 소비도 심할 거 아냐? 프아돌에 몰입도 덜 될 거고."

손태명도 현우와 같은 생각을 하고 있었다. 현우는 기자들에게 따로 부탁까지 할 정도로 아이들에 대한 기사를 최대한 자제하고 있었다.

그 때문에 어울림에 대한 기자들의 원망이 점점 쌓여가고 있었다.

[어울림 엔터테인먼트의 신비주의 전략. 연습생들에게도 적용될까?]

다행히 지난번 일본 폭력 시비 때 호되게 당했던지라 기자들은 자극적인 기사를 최대한 자제하고 있는 편이었다.

오늘도 현우는 기자들의 메일에 양해를 바란다는 답변을 해주고 있었다.

그러다 문득 익숙한 메일 주소가 현우의 눈길을 끌었다.

어울림 엔터테인먼트에게 가장 악의적이기로 소문난 고려일보의 기자가 보낸 메일이었다.

아무 생각 없이 현우는 메일을 클릭해 보았다.

"……."

갑자기 현우의 얼굴이 굳어졌다.

"커피 마실래?"

"……."

"현우야, 커피 안 마실 거야?"

손태명이 뒤늦게 현우의 표정을 확인하고 노트북 화면을 들여다보았다. 툭. 손에 들고 있던 커피 믹스가 힘없이 땅으로 떨어졌다.

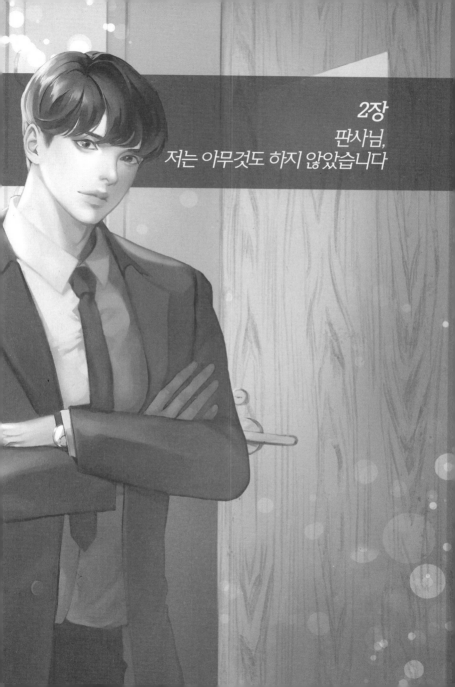

2장
판사님,
저는 아무것도 하지 않았습니다

짝!

동영상 속 이지수가 어느 연습생에게 따귀를 올려붙였다.

'너 진짜 내가 가만두지 않을 거야!'

이지수가 바닥에 쓰러져 있는 연습생을 보며 소리쳤다. 활발하고 장난기 많은 평소의 이지수가 아니었다. 독기가 잔뜩 올라 있었다. 그리고 동영상은 끝이 났다.

겨우 6초밖에 되지 않았지만 동영상은 현우와 손태명에게 충격을 가져다주기에는 충분했다.

현우는 몇 번이나 더 동영상을 재생시켰다. 동영상 속 소녀는 이지수가 확실했다. 연습실 벽에도 S&H의 로고가 선명하게 박혀 있었다.

현우는 머리가 차갑게 식음을 느꼈다. 백동원에게 이야기를 듣고 어느 정도 예상은 하고 있었지만, 생각한 것보다 훨씬 더 상황이 심각했다.

동영상이 대중들에게 공개된다면 상승세를 타고 있는 프아돌은 엄청난 타격을 받고 만다.

무엇보다 이지수의 연예인 생명이 끝이 나버릴 수도 있었다.

"S&H에서 이렇게까지 할 줄은 몰랐다, 태명아."

현우의 표정은 그 어느 때보다도 차가웠다. 그동안 쌓인 악연들이 있었지만, 설마 이렇게까지 나올 줄은 꿈에도 모른 현우였다.

"난 지수를 만나고 올게. 태명이 너는 고려일보 기자한테 최대한 많은 것들을 알아내."

"고려일보 쪽에서 협상을 원한다고 하면 어떻게 할까? 일단 기사 나가는 건 막아야 하지 않을까?"

"협상? 팔을 지키는 대신 다리를 내주자고? 난 절대 그럴 생각 없어. 고려일보가 어떤 놈들인지 너도 잘 알잖아? 그리고 S&H에서 고려일보에만 이 동영상을 풀었을까? 그건 아닐걸? 일단 다녀올게."

현우는 급히 어울림을 나섰다.

*   *   *

봉고차에 올라타자마자 현우는 이진이에게 전화를 걸었다.

―네, 현우 씨. 전화 받았어요.

"오늘 급히 아이들을 만나야 할 것 같습니다. 작가님이랑 승훈 피디님도 만났으면 하는데요."

―혹시 무슨 일 있어요?

현우의 다급함을 느낀 이진이가 조심스레 물어왔다.

"전화 통화로는 조금 그렇습니다."

―알겠어요. 바로 출발할게요.

숙소에 도착한 현우는 서둘러 아이들을 데리고 트레이닝 룸으로 향했다.

"대표님, 무슨 일 있어요?"

"큰일 난 거예요?"

굳은 얼굴을 하고 있는 현우를 따라가며 김수정이 물었다. 김수정뿐만 아니라 눈치 없는 배하나까지 현우의 분위기가 심상치 않음을 느끼고 있었다.

트레이닝 룸 문을 열자 이진이와 이승훈이 현우를 기다리고 있었다.

"대표님, 심각한 일입니까?"

이승훈이 잔뜩 긴장한 얼굴을 하고 있었다.

"일단 한번 보셔야 할 것 같습니다."

현우는 가지고 온 노트북을 책상 위로 올려놓고 동영상을 재생시켰다.

짝!

동영상 속 따귀 소리가 트레이닝 룸에 울려 퍼졌다.

이지수와 아이들이 일제히 얼어붙었다.

이승훈은 할 말을 잃어버렸고, 이진이는 너무 놀라 핸드폰까지 바닥에 떨어뜨렸다.

"이, 이게 대체 뭐예요, 현우 씨?"

"조금 전에 고려일보 쪽에서 메일로 보내왔습니다."

"고려일보 말입니까?"

이승훈이 무거운 얼굴을 했다. 대한민국 최강의 악질 연예 기자들이 모여 있는 곳이 바로 고려일보였다. 무모한 형제들도 고려일보의 악의적인 기사 때문에 몇 번 논란이 벌어진 적이 있었다.

하지만 문제는 이 동영상이 단순히 논란으로 끝날 일이 아니라는 것이다. 현우의 시선이 이지수에게로 향했다.

"지수야."

"……."

"무슨 일이 있었던 건지 말해줄 수 있어?"

"괜찮아, 지수야. 언니랑 피디님도 전부 네 편이야."

현우를 도와 이진이도 이지수를 달랬다.

"……."

평소 장난꾸러기 같던 이지수가 주르륵 눈물을 흘리기 시작했다. 다른 아이들이 이지수를 껴안고 달래보았지만 눈물은 도무지 그칠 줄을 몰랐다.

"아무래도 우리는 나가 있는 게 나을 거 같네요."

"그래요. 그렇게 해요."

이승훈과 이진이가 밖으로 나갔다.

현우가 고개를 숙여 이지수와 눈높이를 맞췄다. 그리고 이지수의 눈동자를 똑바로 마주했다.

"이제 우리밖에 없으니까 마음껏 울어도 괜찮아."

이지수는 한참이나 울다가 정신을 차렸다.

"이제 좀 괜찮아?"

"괜찮아요, 대표님. 죄송해요. 제가 때린 거 맞아요. 제가 너무 화가 나서 때렸어요."

현우는 가만히 이지수의 말을 듣기만 했다.

"정말 많이 참다가 그런 거예요. 믿어주세요."

"난 널 믿는다, 지수야."

이지수의 눈동자에 다시 눈물이 그렁그렁해졌다.

"저한테 실망하지 않으셨어요?"

"아니, 전혀. 누구나 실수는 할 수 있어. 여기서 실수 안 해 본 사람이 과연 존재할까? 너는 모르지만 나는 실패 덩어리였어."

"거짓말."

"거짓말 아니야. 그러니까 아무 걱정 말고 나한테 다 털어 놔. 내가 다 해결해 줄 테니까."

이지수가 잠시 망설이다 배하나를 바라보았다.

월요일 오후, 결국 사고가 터지고 말았다. 고려일보를 시작으로 주요 언론사에서 일제히 이지수의 폭력 동영상이라며 기사들을 쏟아내었다.

[어울림 연습생 이지수 폭력 동영상에 사건은 일파만파!]

[잘나가던 브아돌에 드리워진 악재. 제작진은 묵묵부답!]

[이지수의 전 소속사 S&H는 침묵 중]

[동영상 속 연습생은 K—POP! 슈퍼 아이돌에 출연 중인 이리나 연습생으로 밝혀져]

온갖 기사가 포털 사이트와 커뮤니티들을 잠식해 갔다.

—프아돌 망했다. ㅋㅋ 이지수 일진 출신? ㅋㅋㅋ

—이리나만 불쌍해. 반항도 못 하고 일방적으로 맞기만. ㅠㅠ

—이지수 하차 안 함? 아니, 연예계에서 퇴출 안 시킴?

—깡패 년아, 하차해라! 갓 솔한테 피해 주지 마라!

—다른 연습생들만 피해 보는 거 아님? 이지수 때문에 프아돌 망할 듯. ㅋㅋㅋㅋ

—털털한 척, 쿨한 척은 다 하더니 생긴 대로 불여우. ㅋ

온통 이지수를 비난하고 있었다. 차마 입에 올리지 못할 욕도 많았다. '프로듀스 아이돌 121' 공식 홈페이지는 아예 접속 불가가 될 정도로 트래픽이 폭주하고 있었다.

저녁이 훨씬 지났음에도 어울림으로 기자들의 문의가 밀려들어 왔다.

손태명과 오승석이 추후 답변을 할 예정이라는 말만 수십 차례나 되풀이하고 있을 정도였다.

"젠장! 젠장!"

오승석이 거칠게 책상을 내려쳤다.

지난번 일본 폭력 시비 때는 명확한 증거가 있었기에 논란을 해결할 수 있었다.

하지만 지금은 상황 자체가 달랐다.

"6초짜리 동영상 하나만 믿고 다들 이러는 거야, 지금?"

오승석이 잔뜩 흥분해 있었다. 손태명이 그런 오승석의 어깨를 잡았다.

"일단 기다려 보자. 현우한테서 연락이 올 거야."

"화가 나. 일이 터지면 늘 현우나 네가 해결해 버리잖아. 내가 뭐 하는 놈인지 나도 모르겠어."

오승석이 스스로를 자책했다.

"현우가 그 소리 들었다가는 펄쩍 뛸걸? 잠깐, 이 시간에 무슨 일이지?"

밤 10시가 넘은 시각에 제작진으로부터 연락이 왔다. 손태명은 급히 핸드폰을 들었다.

"손태명입니다, 이 작가님."

―현우 씨 회사에 있어요?

"아뇨. 아직 연락도 없습니다."

―큰일이네요. 도무지 연락도 안 되고… 현우 씨가 급히 방송국에 와줬으면 하는데 어떻게 하죠?

"무슨 일입니까, 작가님?"

―11시에 제작진 회의가 잡혔어요.

"이 시간에 제작진 회의요?"

―네. 플래시즈 엔터랑 파인애플 뮤직에서 기사를 보고 기획사 관계자들을 불러 모은 모양이에요.

이진이의 말에 손태명이 두 눈을 질끈 감았다. 이 늦은 시간에 기획사 관계자들이 방송국으로 오는 이유는 뻔했다. 깊은 한숨이 터져 나왔다.

"일단 제가 방송국으로 가겠습니다, 작가님."

―알겠어요.

전화를 끊고 손태명이 급히 입을 열었다.

"승석아, 방송국 좀 다녀올게. 현우한테 연락 오면 방송국으로 오라고 해줘."

"알았어."

밤 11시가 넘은 시각, MBS 프아돌 회의실에 제작진과 기획사 관계자들이 모두 모여 있다.

"그게 말이 됩니까? 하차는 절대 불가능이라니요! 이러다가 다른 연습생들까지 다 같이 죽습니다, 피디님!"

플래시즈 엔터테인먼트의 이기혁 실장이 핏대를 세우며 따지고 있다.

파인애플 뮤직의 팀장 이진원이 그런 이기혁을 말렸다.

"일단 어울림 쪽 이야기도 들어봐야 하지 않겠습니까? 뭐든지 일이라는 건 절차가 있는 법이니까요."

"절차요? 이 상황에서 절차를 따지고 든답니까? 지금 다들 상황 파악이 안 되는 겁니까? 걸 그룹에게 이런 식의 이미지 타격이 얼마나 치명적인 줄 다들 알고 있을 텐데요?!"

이기혁의 말에 이진원이 입을 다물었다.

실제로 얼마 전에는 왕따 사건을 일으킨 정상급 걸 그룹 하나가 공중분해가 된 적이 있다. 멤버들이 아무리 해명을 하고 사과를 해도 이미 흠집이 간 이미지는 되돌릴 수가 없었다.

"피디님! 작가님! 빨리 대응 기사 내보내고 대처를 해야 합니다!"

이기혁이 애타는 얼굴을 했다. 그때 회의실 문이 열리고 손태명이 나타났다.

"늦어서 죄송합니다. 어울림의 실장 손태명입니다. 일단 여기 계신 모든 분들에게 사과드리겠습니다. 죄송합니다."

사과를 한 후 손태명이 다시 고개를 들었다.

"그럼 이지수는 하차하는 겁니까?"

이기혁이 물었다.

"아뇨. 우리 지수는 예정대로 계속 녹화할 겁니다."

"뭐, 뭐라고요?"

이기혁과 몇몇 기획사 관계자들이 황당한 나머지 얼굴을 붉혔다.

"6초짜리 동영상을 보고 한 아이의 인생을 송두리째 망칠 생각들입니까? 지수는 고작 열여덟 살입니다! 적어도 한 번쯤은 어른들이 아이를 지켜줘야 하는 거 아닙니까?!"

손태명이 소리쳤다. 회의실이 조용해졌다.

"그럼 대체 이 상황을 어떻게 할 겁니까? 이지수가 일방적인 폭행을 했든, 아니면 서로 치고받았든 대중들이 자세한 사정을 궁금해할 것 같습니까?"

이기혁이 손태명에게 따졌다.

"며칠 여유를 주시면 해결책을 내놓겠습니다."

"일을 미룬다고 해결책이 있겠습니까? 일이 더 커지기 전에 빨리 대처해야 합니다, 손 실장님!"

"저도 같은 생각입니다!"

"저희도 이기혁 실장님의 말씀이 옳다고 봅니다."

기획사 관계자들이 연이어 손태명을 압박해 왔다. 상황이 점점 불리해져 갔다.

이승훈과 이진이도 점점 난처해졌다. 아무리 제작진의 힘이 막강하다고 해도 지금 상황에서 기획사 관계자들을 무시할 수는 없었다.

"자, 잠깐만요!"

갑자기 코인 엔터의 백동원이 벌떡 일어나 소리쳤다.

"뭡니까?"

이기혁이 신경질적으로 물었다. 백동원이 머리를 긁적이며 핸드폰을 들어 보였다.

"기, 김현우 대표님한테 전화 왔습니다. 손 실장님 좀 바꿔 달라고 하시는데요?"

손태명이 황급히 핸드폰을 건네받았다.

─왜 전화를 안 받아?

"지금 MBS야. 제작진 회의 왔어, 현우야."

─그래서 안 받았구나. 무슨 일인데? 설마 지수 하차하라고 다들 모인 거야?

"뭐 그렇게 돌아가고는 있어. 근데 넌 대체 어디야? 왜 하루 종일 연락도 안 되는 건데?"

─일단 스피커폰으로 바꿔봐.

"지금 여기서? 하아, 알았어."

손태명이 핸드폰을 회의실 책상에 올려놓았다.

─김현우입니다. 먼저 심려를 끼쳐 드려 정말 죄송하게 생각하고 있습니다. 내일 저희 어울림 엔터테인먼트는 공식 기자회견을 열 생각입니다. 기자회견을 보시고 판단을 내려주셨으면 좋겠습니다. 지수의 하차 문제는 그 후에 결정했으면 합니다.

현우의 제안에 회의실이 웅성거렸다.

어울림은 언론과는 철저하게 거리를 두는 기획사로 유명했다. 그런데 공식 기자회견이라니.

현우의 제안은 기획사 관계자들의 마음을 누그러뜨리기에

충분하고도 남았다.

"플래시즈의 이기혁 실장입니다. 김 대표님께서 그렇게 말씀하시니 내일 기자회견을 보고 결정을 내리겠습니다. 하지만 이번 논란이 가라앉지 않는다면 저희들도 어쩔 수 없음을 알아주셨으면 합니다."

ㅡ알겠습니다, 실장님.

소란스럽고 긴급하던 제작진 회의는 이렇게 끝이 났다.

기획사 관계자들이 돌아가자마자 손태명은 즉시 현우에게 전화를 걸었다.

ㅡ회사로 가고 있어. 조금 이따가 보자.

"피디님이랑 작가님도 옆에 계셔."

ㅡ그래?

"너 대체 무슨 생각인 거야? 공식 기자회견을 열자고?"

ㅡ태명아, 일단 얼굴 보고 이야기하자. 이야기가 좀 길어.

"알겠어. 그럼 피디님이랑 작가님은 내가 모시고 갈게."

*   *   *

사건이 터지고 바로 다음 날, 어울림 엔터테인먼트의 공식 기자회견 일정이 알려지며 세간의 이목을 집중시켰다.

초록색 봉고차가 '프로듀스 아이돌 121'의 촬영 장소인 파주 영어 마을로 향하고 있다. 손태명이 운전대를 잡고 있고 뒷좌석에는 현우와 이지수가 앉아 있었다.

마음고생이 심했는지 이지수는 얼굴이 많이 상해 있었다. 현우는 그런 이지수가 안타까웠다.

"지수야, 괜찮아."

"죄송해요. 저 때문에."

"아냐. 진짜 괜찮다니까. 내가 다 알아서 할 테니까 넌 걱정하지 마."

한류 트레이닝 센터 안의 회의실은 이미 도착해 있는 기자들로 가득했다.

뒤이어 현우와 이지수가 모습을 드러내자 플래시 세례가 쏟아졌다.

이지수는 현우의 오른팔을 꼭 부여잡은 채로 고개를 푹 숙였다. 이지수를 자리에 앉히고 현우도 자리에 앉아 마이크를 잡았다.

"어울림 엔터테인먼트의 김현우입니다. 그동안 메일이랑 메시지만 주고받던 기자 분들을 직접 만나게 되어 여러모로 참 기분이 묘하네요."

"이지수 양, 피해자인 이리나 양한테 하고 싶은 말은 없습니까?"

"일진 출신이라는 소문이 있던데 사실입니까?"

"이리나 양을 폭행한 이유가 뭐죠? 연습생 생활로 인한 트러블이 있던 겁니까?"

현우가 더 말을 잇기도 전에 기자들이 무자비하게 질문을 쏟아내었다. 처음 겪어보는 상황에 이지수가 입술을 깨물고 눈물을 참아내었다.

서서히 현우의 얼굴이 차가워졌다.

"적당히 하시는 게 좋을 겁니다, 기자님들."

현우의 싸늘한 말이 기자회견장을 얼어붙게 만들었다.

"지금 기자들을 상대로 협박하시는 겁니까, 김현우 대표님?"

현우의 시선이 얄팍한 인상을 한 기자에게로 향했다. 그동안 현우와 어울림을 숱하게 괴롭혀 오던 고려일보의 기자였다.

현우가 피식 웃었고, 고려일보 기자의 얼굴이 일그러졌다.

"지금 비웃는 겁니까?!"

"네, 비웃고 있는 거 맞습니다. 열여덟 살짜리 소녀한테 차마 입에 올리지도 못할 단어들을 써가며 똥 글을 휘갈기는 사람이 내 눈앞에 있는데, 비웃지 말아야 할 이유가 있습니까?"

현우의 비아냥거림에 기자회견장이 난리가 났다.

"지금 말씀하신 것도 기사로 다 나갈 겁니다. 모르시지는 않을 텐데요?"

고려일보의 기자가 현우를 비웃으며 말했다. 현우 또한 피식 웃었다.

"그 말, 꼭 지키셔야 할 겁니다."

현우의 시선이 손태명을 향했다. 스크린으로 대중들에게 공개된 6초짜리 폭력 동영상이 흘러나왔다.

기자들이 의구심이 담긴 얼굴로 스크린을 쳐다보았다. 이미 수없이 기사로 올라온 동영상을 굳이 스크린으로 틀어줘야 하는지 이해가 되지 않았다.

"어! 어?!"

그런데 갑자기 기자들이 당황해하기 시작했다.

*   *   *

이지수와 제작진을 만나고 한류 트레이닝 센터를 빠져나온 현우는 곧장 강남으로 봉고차를 몰았다. 압구정 쪽 프랜차이즈 카페 안에서 현우는 이지혜를 만났다.

"방금 기사 봤어. 너 괜찮아?"

"괜찮을 리가 없잖아. 좀 알아봤어?"

이지혜가 주변을 두리번거렸다.

"매니지먼트 2팀 사람들한테 물어봤는데 다들 모르는 눈치 같았어."

"당연하지. 아마 팀장급 이상만 알고 있을 거야."

말단 로드나 코디, 그리고 직원들이 이번 일을 알고 있을 리가 없었다. 괜스레 목이 탔다. 현우는 이지혜가 시켜놓은 아이스 아메리카노를 쭉 들이켰다.

"그래도 수고해 줘서 고맙다. 조만간 저녁 살게."

"벌써 가려고?"

"시간이 없어. 빨리 대책을 마련해야지."

"그 대책, 내가 마련한 거 같은데?"

"뭐?"

반쯤 몸을 일으킨 현우가 다시 자리로 앉았다.

"정말이야? 너?"

"응. 이제 곧 올 거야. 올 사람이 있어."

"누군데?"

"마침 저기 오네."

현우가 황급히 몸을 돌렸다.

아담한 체구의 여자가 막 카페 문을 열고 들어온 상태였다. 모자와 선글라스로 얼굴을 가렸지만 비율 자체가 남달라 금방 눈에 띄었다.

이지혜에게 손을 흔들어 보이더니 여자가 다다다 달려와 의자에 앉았다.

"인사해. 이다연이라고 회사 친한 동생이야."

"김현우입니다."

현우가 인사를 했다. 그런데 이다연이 입을 가리고 킥킥 웃기 시작했다. 그러더니 갑자기 모자와 선글라스를 벗었다.

"저 알아보시겠어요?"

하얀 얼굴에 또렷한 이목구비, 검정 단발머리에 화장도 하지 않아 상당히 어려 보이는 느낌이 들었다.

분명 어디선가 많이 본 얼굴이었다. 순간 현우의 뇌리로 얼마 전에 마주친 적이 있는 한 사람이 떠올랐다.

"설마 걸즈파워의?"

"네, 맞아요. 저예요. 못 알아보셨죠?"

"엘시 씨가 맞습니까?"

현우는 크게 놀랐다. 활동을 할 때의 엘시는 화려하다는 말이 부족할 정도였다. 하지만 오늘 이렇게 보니 수수한 느낌이 물씬 풍겼다.

"못 알아봐서 미안해요."

"아니에요. 사석에서 보면 다들 못 알아봐요. 그런데 잘 지내셨어요? 우리 SNS 친구인데 왜 글 같은 거 한 번도 안 올리세요? 저한테 댓글도 안 남기시고."

"아, 그게 말입니다……."

"괜찮아요. 요즘 정신없이 바쁘시죠? 제가 다 이해해 드릴게요."

혼자 말하고 혼자 결론까지 짓고 있는 엘시를 보며 현우는 난감한 표정을 했다.

카페 안에 사람들이 거의 없었지만 만약 엘시와 함께 있는 모습이 찍히기라도 한다면 폭력 동영상 사건에 이어 또 한 번 논란이 벌어질 수도 있었다.

자연스레 현우의 시선이 이지혜에게 향했다. 무언의 시선에도 이지혜는 그저 재미있다는 표정을 하고 있었다.

"대표님, 핸드폰 줘보실래요?"

"핸드폰을요?"

현우의 얼굴이 굳어지자 엘시가 삐죽 입술을 내밀었다.

"번호 따고 그러는 거 아니거든요? 되게 철벽 치시네요?"

"네. 뭐 그럼……."

현우는 순순히 핸드폰을 넘겼다. 서로의 번호를 저장한 다음 엘시가 현우에게 다시 핸드폰을 돌려줬다.

"제 번호 따려고 줄 서 있는 연예인만 수십 명인데, 대표님은 행복한 줄 아세요."

한없이 밝던 엘시의 얼굴로 갑자기 먹구름이 드리워졌다.

'감정의 기복이 심한데.'

현우는 왠지 엘시가 불안해 보였다. 그사이 엘시가 자신의 핸드폰을 들여다보고 있었다. 코코넛 톡! 코코넛 톡! 갑자기 코코넛 톡 알림이 울려 퍼졌다.

"매니저님 핸드폰이네요. 확인해 보세요."

코코넛 톡을 확인한 현우가 놀란 얼굴로 엘시를 쳐다보았다.

"엘시 씨가 이걸 어떻게?"

현우는 너무 놀라 말을 잇지 못했다.

"확인해 보실래요?"

현우는 서둘러 동영상을 확인해 보았다. 폭력 동영상의 원본 동영상과 다른 동영상이 한 개 더 있었다.

현우의 분위기가 일순간 진지해졌다.

"대체 이 동영상은 어디서 난 겁니까? 그리고 엘시 씨가 저한테 이 동영상을 보내준 이유가 궁금하군요."

180도 변한 현우의 분위기에 엘시의 눈매가 가늘어졌다.

"지금 저를 의심하시는 거예요? 이 동영상, 몇 개월 전에 제가 직접 찍었어요. 대표님이 데리고 계시는 아이들이 제 직속 후배이기도 하거든요. 매니지먼트 2팀으로 옮겨 간다고 해서 해외 스케줄 마치고 연습실 들렀다가 우연히 제가 보고 찍어 놓은 거예요. 이리나랑 연습생들 혼도 내고 그랬는데 너무 화가 났어요. 그래서 조치를 취해달라고 매니지먼트 2팀 실장님한테 보내 드렸는데, 설마 오늘 같은 일이 터질 줄은 몰랐어요. 그래서 일을 바로잡고 싶어서 대표님을 보자고 한 거예요. 이래도 저를 의심하실 거예요?"

새초롬한 표정을 하며 엘시가 현우를 노려보고 있다. 이제야 사태를 파악한 현우가 길게 한숨을 내쉬었다.

"그런 거였습니까? 제가 사과하겠습니다. 설마 엘시 씨가 이 일에 관련이 있을 거라고는 상상도 못 했습니다. 하지만 저도 한 가지는 묻고 싶습니다. 제가 동영상을 확보한 이상 S&H 쪽에 좋은 일은 결코 없을 겁니다. 그런데도 동영상을 저에게 보내준 이유가 뭡니까?"

뭐라 말을 하려다 엘시가 입을 꾹 다물었다. 대신 이지혜가 입을 열었다.

"매니지먼트 2팀으로 옮기기 전에 내가 걸즈파워 스타일리스트 팀에서 잠깐 일을 했어. 그때 다연이랑 엄청 친해졌거든? 친해지면서 내가 네 이야기 많이 했어. 주로 욕이긴 했는데, 어쨌든 다연이가 먼저 나한테 연락을 해줬어. 김현우, 넌 정말 운이 좋았던 거야. 이 누나가 다연이랑 친분이 없었으면 이런 일도 없었을걸. 그리고 다연이가 S&H에 쌓인 게 많아. 특히 매니지먼트 2팀이랑 걸즈파워 사이 안 좋은 건 업계 사람이면 다 아는 이야기잖아?"

현우는 고개를 끄덕거렸다.

걸즈파워는 이미 데뷔 5년 차에 접어들었다. 워낙에 인기가 많아 팬덤과 그 명성이 유지되고 있었지만, 걸 그룹의 특성상 수명이 오래 남지는 않았다는 평가를 받고 있었다.

그러던 찰나, 매니지먼트 2팀에서 데뷔시킨 핑크플라워가 중국과 유럽 쪽에서 제법 인기를 끌기 시작했다.

이장호 회장이 경영에 복귀하긴 했지만, 이석우 실장의 매니지먼트 1팀보다는 강철태 실장의 매니지먼트 2팀이 S&H 내에서 주도권을 잡고 있는 실정이었다.

'K-POP! 슈퍼 아이돌!'에 이장호 회장이 심사위원으로 출연하기는 했지만, 이리나를 포함한 연습생 대부분이 매니지먼트 2팀 소속이었다.

"매니지먼트 2팀은 저희 걸즈파워 멤버들도 다 싫어해요. 그리고 전 처음부터 회사를 좋아하지도 않았어요."

충격적인 말이었다. 엘시는 자신을 탑 아이돌로 만들어준 소속사를 좋아하지 않는다고 대놓고 말하고 있었다.

"전부 제 친동생 같은 아이들이에요. 매니저님이 거두어주신 것에 대한 보답일 뿐이에요."

"고맙습니다. 저도 꼭 보답하겠습니다."

현우의 말에 그늘이 져 있던 엘시가 또 환하게 웃었다.

"진짜죠? 그 약속 꼭 지키세요?"

"물론이죠."

"그러면 다음에 술 한잔해요. 제가 와인 살게요."

"네, 그렇게 하죠."

현우는 흔쾌히 엘시의 부탁을 들어주었다.

초록색 봉고차가 걸즈파워 숙소 근처에 세워졌다.

"와아, 이런 밴은 처음 타보는 거 같아요. 진짜 신기하다. 셀카 찍어도 되죠?"

"셀카요?"

"쳇. 왜 제가 말만 하면 난감해하세요? SNS엔 올리지 않고 개인 소장만 할게요."

"뭐, 그러세요, 그럼."

엘시가 봉고차 안에서 셀카를 몇 장이나 찍어댔다. 봉고차에서 내리기 전 엘시가 또 한 가지 제안을 해왔다.

"엘시 씨, 엘시 씨. 어감이 이상하지 않아요? 다음에 보면 다연 씨라고 해주세요. 알았죠?"

"네, 알겠습니다. 그렇게 하죠."

"그럼 오늘 즐거웠어요! 지혜 언니도 조심히 들어가! 연락할게! 바이!"

엘시가 봉고차에서 내려 다다다 숙소로 뛰어갔다.

멀어져 가는 엘시를 보며 현우는 생각에 잠겼다. 오늘 하루뿐이었지만 엘시는 감정 기복이 유난히 심했다. 밝을 때는 한없이 밝았고 어두울 때는 말 한마디도 하지 않았다.

뭐랄까. 위태위태해 보였다.

*　　　　*　　　　*

짝!

이지수가 연습생 이리나에게 따귀를 올려붙였다.

"너 진짜 내가 가만두지 않을 거야!"

이지수가 잔뜩 독기가 올라 이리나에게 소리쳤다.

여기까지가 대중들에게 공개된 6초짜리 동영상의 전부였다. 그런데 스크린 속 동영상은 여기서 그치지 않았다.

바닥에 쓰러져 있던 이리나가 비릿한 웃음을 지으며 바닥에서 몸을 일으켰다.

"네가 나를 가만두지 않는다고? 웃기고 있네."

이리나가 성큼성큼 걸어와 이지수의 뺨을 때렸다. 이지수가 뒤로 주춤거리자 또 다가와 따귀를 때렸다.

"바보같이 착한 줄만 알았는데 꽤 성격이 있었네?"

"우리 하나 그만 괴롭혀! 대체 괴롭히는 이유가 뭔데?!"

"넌 사람이 싫은 거에 이유가 있다고 생각해? 배하나랑 너희 핑크플라워 2군 년들, 착한 척하는 거 너무 꼴 보기 싫어."

"우린 너희한테 잘못한 거 하나도 없단 말이야!"

"잘못한 게 왜 없어? 너희들, 핑크플라워 2군에서 방출된다는 소문 있더라? 근데 왜 재수 없게 그렇게 버티고 있는 건데?

어차피 너희 매니지먼트 1팀 출신이라 여기는 너희 편 한 명도 없거든? 그러니까 좀 나가!"

"……."

이지수가 결국 눈물을 흘리며 동영상은 끝이 났다.

기자회견장 안으로 무거운 침묵이 내려앉았다. 몇몇 기자는 서둘러 노트북을 꺼내 기사를 쓰려고 했다. 하지만 또 다른 동영상이 재생되며 기자들의 이목을 붙잡았다.

S&H 매니지먼트 2팀의 연습실. 이리나와 연습생 네 명이 배하나를 빙 둘러싸고 있다.

"너, 여기는 우리만 연습하는 곳이라고 했지? 너희들은 1팀 가서 연습하라니까?!"

이리나가 엉거주춤 서 있는 배하나에게 짜증을 내고 있었다. 푹 고개를 숙이고 있던 배하나가 머뭇거리다 입을 열었다.

"다 같이 쓰는 연습실이잖아. 왜 너희들만 써야 해?"

"당연히 네가 거슬리니까 그러지!"

다른 연습생 한 명이 배하나의 어깨를 밀었다. 배하나가 연습실 바닥으로 넘어졌다.

"배하나, 연습 열심히 해서 더운 거 같네?"

이리나가 생수병의 뚜껑을 열고 배하나의 머리에 부어버렸다. 그때 문이 열리고 이지수가 들어왔다.

"야, 너희들, 하나한테 지금 뭐 하는 거야?!"

이지수가 서둘러 배하나의 앞을 가로막았다.

"뭐 하기는, 우리 연습실에서 연습하고 있었는데?"

"거짓말하지 마! 우리 하나 괴롭힌 거잖아? 지금 다 젖어 있는 거 안 보여?"

"우리가 언제? 그런 적 없는데? 배하나가 더워서 생수로 샤워했나 보네. 그치, 애들아?"

"응. 배하나가 그런 거야. 우린 아무 짓도 안 했어."

이리나와 연습생들의 능청스러움에 이지수가 입술을 깨물었다.

배하나는 아무런 말도 하지 못하고 울상을 하고 있었다.

그리고 동영상이 끝이 났다.

기자회견장에 모인 기자 중 그 누구도 쉽사리 질문을 하지 못하고 있다. 현우가 마이크를 잡고 먼저 입을 열었다.

"기자님들, 질문 좋아하시던데 왜 질문들이 없는지 모르겠는데요? 그럼 질문 받겠습니다. 질문하실 분 없으십니까?"

기자들은 조용히 입을 다물고 있었다.

"고려일보의 이재경 기자님도 질문이 없으십니까?"

현우가 피식 웃으며 물었다. 이재경 기자의 얼굴이 시뻘게졌다. 하지만 입도 뻥긋하지 못했다.

웃고 있던 현우의 표정이 급격히 차가워졌다.

"다들 질문들이 없으시니 제가 직접 설명하죠. 지수가 따귀를 때린 건 사실입니다. 하지만 모든 일에는 인과관계가 있는 법이죠. 동영상을 보셨다시피 S&H의 이리나와 연습생 일부가 하나를 지속적으로 괴롭히고 따돌려 왔습니다. 지수가 그 사실을 알고 하나를 지키기 위해 나선 것뿐입니다. 물론 지수가 이리나의 따귀를 때린 것을 잘했다고는 말하지 않겠습니다. 하지만 하나와 지수는 피해자입니다. 이 사실을 말씀드리고 싶습니다. 그럼 질문 받도록 하겠습니다."

기자들이 서로 눈치를 봤다. 그러다 투데이스타의 어느 기자가 번쩍 손을 들었다.

"그럼 가해자는 이리나 양과 동영상 속 S&H의 연습생들이라고 보시는 겁니까?"

"네, 그렇습니다. 하지만 가해자는 더 있습니다."

가해자가 더 있다는 말에 기자들이 술렁였다.

"그 가해자가 누구입니까? 알려주실 수 있습니까?"

투데이스타의 기자를 바라보며 현우가 입을 열었다.

"여기 계시네요. 고려일보의 이재경 기자님이 가장 큰 가해자이시고, 다른 기자분들도 가해자라고 생각합니다."

가뜩이나 무거운 기자회견장 분위기에 현우는 찬물까지 끼

없었다. 고려일보의 기자가 황급히 손을 들었다.

"어째서 제가 가해자라는 말입니까? 전 기자로서의 역할을 다한 것뿐입니다! 말이 좀 심하신 것 아닙니까?!"

"맞습니다! 대중들에게 사실을 전달하는 건 기자들의 의무이자 특권입니다!"

이재경에 이어 스포츠한국의 기자가 현우에게 반발했다. 다른 기자들도 분위기가 좋지 않았다.

현우가 또 피식 웃었다.

"기자로서의 역할요? 그래서 기자라고 자부하시는 분들이 사실 확인도 없이 겨우 6초짜리 동영상 하나만 달랑 올려놓고 그따위로 기사를 쓰신 겁니까? 제가 보기에는 기자의 특권만 있지 의무나 책임은 전혀 없는 것 같은데요? 이번 사건의 진실을 파헤치려고 조금의 노력이라도 해본 기자님이 여기 과연 존재할까요? 아뇨. 절대 없을 겁니다. 제가 이 동영상들을 구하지 못했더라면 여기 앉아 있는 우리 지수는 연예인으로서의 생명이 끝났을 겁니다. 어쩌면 인생 자체가 망가졌을 수도 있을 겁니다. 당신들은 이 아이한테 미안하지도 않습니까?!"

현우가 언성을 높였다. 하지만 그 누구도 반박을 하지 못했다. 현우가 다시 입을 열었다.

"그동안 저희 어울림 엔터테인먼트가 연예계 기자님들과 가까이 지내지 않은 건 사실입니다. 하지만 중요한 사안이나 기자님들의 질문 요청은 한 번도 거절한 적이 없었습니다. 이번 일도 메일로 기자님들께 대응할 때까지 기다려 달라고 정중하게 요청도 했습니다. 하지만 저희 어울림의 입장은 아랑곳하지 않고 기사를 내셨더군요. 이번 일은 절대 그냥 넘어가지 않겠습니다. 법적인 테두리를 넘은 기자분들은 저희 어울림에서 고소하겠습니다."

"기자를 상대로 고소하겠다, 이겁니까?! 지금?!"

고려일보 기자 이재경이 발끈했다.

"네. 무슨 문제가 있습니까? 찔리는 게 있으시나 본데요? 조만간 고소장 날아갈 겁니다, 이재경 기자님."

"아, 아니, 이게 지금… 너, 너무하는 거 아닙니까?!"

"자세한 이야기는 저희 변호사님이랑 하시죠."

현우의 말이 끝나자마자 기지회견장으로 변호사 한 명이 모습을 드러내었다.

"더블골드 로펌의 이기훈 변호사입니다."

기자들은 난리가 났다.

더블골드라면 외국계 로펌 중에서도 미국에 본사를 두고 있는 거대 로펌이다.

기자들의 안색이 창백해졌다.

단순한 협박이 아니었음을 이제야 깨달은 것이다.

"차후 저희 더블골드에서 절차에 따라 법적인 조치를 취할 예정입니다."

짤막하게 의사를 표시하고 이기훈 변호사가 기자회견장에서 내려갔다. 현우가 다시 마이크를 잡았다.

"그럼 더 할 말은 없는 것 같으니 기자회견은 여기서 마무리하죠. 먼 곳까지 오시느라 수고 많으셨습니다, 기자님들."

현우는 이지수의 손을 잡고 기자회견장의 계단을 내려왔다.

"자, 잠시만요, 김현우 대표님! 저희 스포츠한국은 아무것도 하지 않았습니다!"

스포츠한국의 기자가 현우의 등에다 대고 소리쳤다. 하지만 현우는 뒤도 돌아보지 않고 기자회견장을 빠져나갔다.

*　　　　*　　　　*

[충격! 어울림의 이지수는 가해자가 아닌 피해자였다!]

어울림 엔터테인먼트의 김현우 대표는 오늘 낮 11시, 공식 기자회견장에서 연습생 이지수와 관련된 폭력 루머에 대한 입장을 밝혔다. 김현우 대표는 폭력 동영상의 원본과 함께 연습생 배하나와 이지수가 집단 괴롭힘을 당하는 동영상을 함께 공개했고, 연습생 이지수는 가해자가 아닌 피해자인 것이 사실로 밝혀졌다. 집단 따돌림의 가해자로 밝혀진 연습생 이리나와 연습생들이 SBC의 'K—POP 슈퍼 아이돌!'에 출연하고 있어 그 후폭풍이 상당할 것이라 예상된다. 현재 SBC와 S&H는 이번 사태에 대해서 그 어떠한 답변도 내놓지 않고 있다.

—아무것도 모르고 욕해서 죄송합니다. ㅠㅠ (공감2,016/비공감93)

—이지수, 일진이라며? 쓰레기라며? 욕하던 인간들 다 어디? (공감1,978/비공감192)

—어울림 애들은 무조건 고정 픽 간다! (공감1,852/비공감66)

—이리나랑 S&H 년들 하차해라. ㅅㅂ (공감1,811/비공감79)

—S&H가 또 언플한 거지, 뭐. ㅋㅋㅋㅋ 하루 이틀이냐? 맑은이슬 때도 송지유 가지고 언플 때렸다가 걸즈파워 조져놓고 또 정신 못 차렸네? ㅋㅋㅋㅋ (공감1,694/비공감213)

[어울림의 김현우 대표, 고려일보 고소하겠다 입장 밝혀]

김현우 대표는 그동안 어울림 엔터테인먼트 소속의 연예인들에게 지속적으로 악의적인 기사를 써왔다며 고려일보와 이재경 기자를 정식으로 고소하겠다는 입장을 밝혔다. 공식 기자 회견에서 벌어진 이 일을 두고 현재 많은 논란이 벌어지고 있다.

—논란은 무슨 논란, 기레기들한테 김현우 대표가 제대로 정의

구현한 거 아님? ㅋㅋ (공감2,458/비공감117)

　─기레기님들, 그동안 수고하셨어요! 판사님 앞에서 뵈어요! ^^ (공감/2,216/비공감151)

　─김현우 대표, 간지 폭발 좀 멋있는데?! ㅋㅋ (공감1,983/비공감144)

　─ㅋㅋㅋ, 내가 다 속이 시원하네! ㅋㅋ (공감1,789/비공감132)

　─옛날에 누구누구가 고려일보 찌라시 때문에 자살한 적도 있었지. 실명은 안 밝힘. ㅅㄱ (공감1,661/비공감210)

　공식 기자회견은 엄청난 후폭풍을 몰고 왔다.

　포털 사이트마다 공식 기자회견과 관련된 기사들로 도배가 되다시피 했다.

　댓글도 폭발적으로 늘어나고 있었다.

　후폭풍은 여기서 그치지 않았다. 공중파 3사가 일제히 뉴스로 보도하며 사태는 더욱 커져갔다.

　S&H 매니지먼트 2팀은 비상사태였다. 날카로운 인상의 강철태 실장이 긴급 대책 회의를 주도하고 있었다.

　"기자회견도 모자라서 이제는 아예 뉴스까지 보도가 되는 이 상황이 지금 말이 되는 겁니까?! 기사는 그렇다고 칩시다! 8시 뉴스에 S&H 이름이 오늘 몇 번이나 거론된 줄 알아요?! 언론 홍보팀은 대체 뭘 했습니까?!"

강철태가 회의실 끝자락에 앉아 있는 언론 홍보팀에게 소리를 질렀다.

"그, 그게 워낙 일이 커져 버려서 어쩔 수가 없었습니다. 실장님도 잘 아시지 않습니까? 애초에 동영상이 유포되는 시점에서 이미 이 일은 우리 손을 떠난 거나 마찬가지였습니다."

언론 홍보팀 팀장이 항변했다. 그리고 모두가 그 말에 공감했다.

이미 손을 쓸 수 없는 상황이 벌어진 것 자체가 문제였다.

강철태도 이 사실을 알고 있었다. 하지만 너무 화가 났다.

쾅!

강철태가 책상을 내려쳤다.

"지금 여기 이 안에 동영상을 외부로 유출한 인간이 있을 겁니다."

강철태가 서늘한 눈동자를 빛내며 말했다.

"여기 없다고 해도 S&H 내에 분명히 있습니다. 한 달이 걸리든 일 년이 걸리든 찾아요. 무조건 찾아내요! 아니면 여기 당신들 전부 목 날아갈 줄 알아! 알겠습니까?!"

회의실 안으로 침묵이 흘렀다.

그때 갑자기 매니지먼트 1팀의 이석우 실장이 나타났다. 갑작스러운 이석우의 등장에 강철태가 얼굴을 구겼다.

"회의 중에 미안합니다만, 회장님의 급한 지시가 있어서 이렇게 찾아왔습니다."

잠시 회의실을 둘러보던 이석우가 굳은 표정으로 강철태를 향해 입을 열었다.

"오늘부로 매니지먼트 2팀은 우리 매니지먼트 1팀에서 관리합니다."

"뭐, 뭐라고 했습니까?"

강철태와 그를 따르는 팀장급 매니저 몇 명이 크게 반발했다. 이석우는 표정의 변화도 없이 말을 이어갔다.

"강철태 실장은 새로 신설되는 매니지먼트 3팀의 실장을 맡을 겁니다. 새로운 인력과 업무는 곧 회장님께서 따로 지시를 내리실 겁니다."

"지금 나를 3팀으로 내쫓겠다 이겁니까? 아니, 내가 그동안 S&H에서 해온 일들이 다 애들 장난처럼 보였습니까?!"

강철태가 핏대를 세우며 따졌다. 이석우의 냉정한 눈길이 강철태를 향했다.

"강 실장의 공로는 인정합니다. 매니지먼트 2팀을 배우 매니지먼트로서 훌륭하게 성장시켰고, 핑크플라워를 히트시킨 건 나 역시 인정합니다. 하지만 저번 광고 사태로 걸즈파워가 입은 이미지 손실도 아직 다 회복하지 못한 상황입니다. 그런데 강 실장님이 아주 큰 사고를 치셨습니다. 폭력 동영상, 대체 왜 폐기하지 않고 그대로 둔 겁니까? 강 실장이랑 매니지먼트 2팀 때문에 연습생 애들만 추락한 줄 압니까? 회장님이 경영 복귀를 선언하며 출연을 결정한 프로그램이 당신들 때문에 지금 가라앉게 생겼어요. 이 정도에서 그치는 걸 다행으로 알아야 할 겁니다. 알겠어요?!"

"빌어먹을!"

강철태가 회의실 문을 거칠게 열고 밖으로 뛰쳐나갔다. 사옥 옥상으로 올라온 강철태는 담배를 꺼냈다.

같이 따라온 팀장 매니저들이 앞다투어 황급히 담뱃불을 붙여주었다.

"내가 여기까지 어떻게 올라왔는데! 나를 이런 식으로 갖다 버려?! 이석우 이 개 같은 새끼!"

강철태가 연이어 담배를 피워댔다. 조금 마음이 진정되자 이번에는 김현우라는 인물이 그의 눈앞을 스쳐 갔다.

"진태야."

"네, 실장님."

이진태가 얼른 고개를 조아렸다.

"너, 김현우라는 새끼 잘 알지?"

"잘 알죠."

"김현우라는 놈에 대해서 조사 좀 해 와."

"조사요?"

"하라면 해! 방해물은 이석우 그 늙은이만 있는 게 아니야.

김현우라는 놈이 거슬려. 그러니까 철저하게 알아와."

*   *   *

공식 기자회견이 있던 다음 날, 고려일보와 스포츠한국에서 나란히 공식 사과문을 게재했다.

연예 일간지 역사상 한 번도 없던 초유의 사건이 벌어진 것이다.

또한 고려일보 측에서는 이재경 기자를 해임시키는 특단의 조치를 내렸다. 스포츠한국의 기자 역시 스스로 사표를 제출해야 했다.

백반 가게의 탁자 위에 고려일보와 스포츠한국의 일간지가 나란히 놓여 있다. 현우는 1면에 실린 공식 사과문을 대충 읽고 돌돌 말아 쓰레기통으로 쳐넣었다.

"이제 어떻게 할 건데요?"

송지유가 현우에게 물었다.

"고소, 취하해야지."

"취하할 거예요?"

송지유가 얼굴을 찌푸렸다.

"예쁜 얼굴 구기지 마."

"지금이 농담할 상황이에요?"

송지유의 물 잔에 시원한 냉수를 따르며 현우가 다시 입을 열었다.

"더블골드 로펌이랑 고문 계약도 했겠다, 솔직히 고소하면 그만이야. 그런데 지유야, 이 정도로 혼을 내줬으면 충분해. 여기서 더 나가면 언론이랑 우리 어울림은 진짜로 척을 지게 되는 거야. 밀당도 적당히 해야지. 계속 밀기만 하면 이렇게 뚝 끊어질걸?"

반 토막이 난 휴지를 내려놓으며 현우가 말을 마쳤다. 송지유가 마치 현우처럼 피식 웃었다.

"언제부터 그렇게 밀당의 고수였어요?"

"너를 만나고 난 다음부터지. 이거 다 너한테 배운 거야. 너 팬들 조련 잘하기로 유명하잖아? 내가 1호 대상이기도 하고."

"진짜 말이나 못하면 뭐라고 하겠는데."

송지유가 작게 한숨을 내쉬었다.

"그리고 조만간 엘시랑 술 한잔 마시기로 했어. 와인 사주 겠다는데?"

순간 송지유가 싸늘한 눈동자로 현우를 노려보았다.

"왜, 왜 또 그렇게 쳐다보냐? 너 그럴 때마다 깜짝깜짝 놀라 는 내 입장도 신경을 좀 써줘야지."

"그동안 엘시랑 노닥거리느라고 나한테 뜸한 거였어요?"

"뜸하다니? 너 지금 학기 중이잖아? 난 충분히 휴식을 주는 것뿐이야. 지금도 일주일에 두세 번은 파주로 촬영 가고 있잖아. 그래서 그런 거지, 뭐."

"……"

송지유가 팔짱을 낀 채 무표정을 유지하고 있다. 그러다 조용히 입을 열었다.

"그럼 술 마실 때 나랑 같이 가요."

"너랑? 그래, 같이 가자."

그제야 송지유의 얼굴이 풀어졌다.

"뭐 해요? 밥 안 먹어요?"

"먹어야지. 응?"

송지유가 수저를 챙겨 현우에게 쥐어주었다. 갑자기 친절해진 송지유가 이상해 현우는 그냥 멋쩍게 웃기만 했다.

다시 일요일이 돌아왔고, 드디어 '프로듀스 아이돌 121' 5회차가 방송되었다.

한 주간 있던 수많은 논란 탓인지 대중들의 시선은 온통 프아돌로 집중되어 있었다. 그리고 제작진이 이를 모를 리가 없었다.

5회 차 방송은 아예 대놓고 이지수와 배하나를 중심으로 돌아갔다.

오프닝부터 6초짜리 동영상과 자극적인 헤드라인이 연이어 흘러나왔다.

그리고 트레이닝 룸에서 울고 있는 이지수의 모습이 비춰졌다. 공식 기자회견이 있던 바로 전날이다.

이지수는 마주치는 연습생들마다 일일이 찾아가 미안하다며 사과하고 있었다.

"생각한 것보다 지수가 더 힘들었겠어."

"그러게 말이다."

현우와 손태명은 사무실에서 캔 맥주를 홀짝이고 있었다.

이지수는 다른 연습생들에게 피해가 갈까 아예 따로 연습하고 있었다.

오후 연습이 끝나고 이지수는 제작진과 인터뷰를 가졌다. 인터뷰 담당자는 이진이 작가였다.

"이지수 연습생, 항간에 떠돌고 있는 루머 때문에 많이 힘들 텐데, 괜찮아요?"

얼마나 울었는지 이지수는 아예 실핏줄이 터져 눈동자가 붉어져 있었다. 이지수가 애써 밝은 척을 했다.

"저는 괜찮아요. 그런데 저 때문에 다른 친구들이 피해를 볼까 봐 너무 무서워요."

"정말로 폭력을 휘두른 건가요?"

"네. 제가 그 애를 때린 건 맞아요. 그건 저도 잘못했다고 생각해요. 하지만 사정이 있었어요. 정말이에요."

"혹시 그 사정을 우리가 알 수 있을까요?"

이지수가 흘러내리는 눈물을 훔치며 고개를 저었다.

"말 못 해요. 말 못 하겠어요."

쓸쓸했다.

쓸쓸한 나머지 알싸한 맥주가 더 쓰게 느껴졌다. 이지수가 말을 못 하는 이유는 바로 배하나 때문이었다.

배하나가 다른 연습생들에게 따돌림을 당했다는 걸 차마 자기 입으로 말할 수가 없었던 것이다.

"갑자기 왜 이러지?"

손태명의 눈가가 붉어져 있다. 그럴 만도 했다. 아이들을 가족처럼 생각하며 현우에게 부탁을 한 장본인이 바로 손태명이었다.

"잘 해결된 거잖아. 우리 애들, 오솔길만 걷게 될 거니까 마음 풀어라, 태명아."

현우가 손태명의 어깨를 다독였다.

"후우우, 그래야지. 나 울었다고 애들한테 말하지 마. 놀림 받으니까."

"말 안 할게. 걱정 마."

제작진 인터뷰가 끝나고 연습생들이 등급별 트레이닝과 미션을 수행하는 장면이 흘러나왔다.

그러면서도 카메라는 틈틈이 이지수를 비춰주고 있었다. 수척해진 모습의 이지수는 다른 연습생들과 미션을 수행하거나 트레이닝을 받을 때만큼은 밝은 척을 했다.

또 그러다가 혼자 있을 때면 멍하니 정신을 놓고 있기도 했다.

늦은 밤, 이지수가 숙소에서 짐을 싸고 있다. 하차를 할 수도 있었기에 짐을 싸고 있는 것이다.

그리고 배하나가 짐을 싸고 있는 이지수를 발견하곤 갑자기 달려와 안겼다.

"가지 마, 지수야. 네가 갈 거면 나도 갈래."

배하나가 대성통곡을 했다. 김수정과 유지연도, 뒤늦게 방에 도착한 이솔도 서로를 껴안으며 울었다.

휴식을 취하려던 다른 연습생들도 이 모습을 보고 다 같이 울음을 터뜨렸다.

그런데 갑자기 숙소 복도로 릴리의 모습이 보였다. 릴리가 다급히 이지수를 찾았다.

"지수야, 이제 괜찮아! 너희 대표님한테 연락 왔어! 내일 기자회견 열 거고 너한테 아무런 걱정 하지 말라고 전해달라고 하셨어!"

다시 화면이 전환되며 공식 기자회견의 일부분이 방송되었다. 프아돌 공식 홈페이지 게시판이 난리가 났다.

4215 제작진이 칼을 갈았네. 와, 기자회견 영상까지 따왔네? 기자회견 영상은 다들 처음 보는 거 아님? ㄷㄷ

─ㅇㅇ 최초 공개야. 김현우 대표 박력 봐. 남자가 봐도 반하겠다.

─이지수, 하루 사이에 살 빠진 거 봐. ㅠㅠ, 마음이 찢어진다, 진짜.

4218 S&H에서 일부러 동영상 유출시킨 거라는 소문이 있던데 진짜 아님? 진짜 개빡 치네. 이리나랑 S&H 애들 하차시키자! 프아돌의 위력을 보여주자고!

─케슈아 홈페이지 좌표 연다. ㄱㄱㄱㄱ

─가자! 우리가 정의 구현 해줘야 하지 않겠어?!

─고고!

─나도 간다!

공식 홈페이지 게시판뿐만 아니라 다른 주요 커뮤니티들도 난리가 났다.

그사이 방송은 계속되고 있었다. 이지수의 폭력 루머가 거짓이었고, 오히려 이지수와 배하나가 집단 괴롭힘의 피해자였다는 사실을 제작진은 화면에 담아 그대로 내보냈다.

　다시 화면이 바뀌어 이지수와 배하나가 나란히 앉아 제작진 인터뷰를 하고 있다.

　"이지수 연습생이랑 배하나 연습생, 루머가 거짓이었다는 게 밝혀졌는데 이제 좀 마음이 편한가요?"

　이진이의 질문에 이지수와 배하나가 서로를 꼭 껴안았다.

　"마음이 아주 편하지는 않아요. 이리나랑 그 애들이 앞으로 어떻게 될지 걱정돼요."

　"배하나 연습생은 어떻게 생각해요?"

　"저도 지수랑 같은 생각이에요. 괴롭힘을 당할 때는 정말 힘들었지만 돌이켜 보면 그 아이들 때문에 제가 많이 성장했었어요. 지수 같은 친구도 얻었잖아요. 아, 수정이랑 지연이랑 솔이도 있어요!"

　그저 해맑은 배하나를 보며 제작진도 웃음을 터뜨렸다.

　"마지막으로 시청자 여러분에게 할 말 있어요?"

　이지수와 배하나가 나란히 자리에서 일어났다. 그리고 함께 꾸벅 고개를 숙여 보였다.

　"심려를 끼쳐 드려서 죄송합니다. 앞으로 저 이지수, 더 열심히 잘할게요!"

　"저도 죄송해요. 앞으로 더 열심히 하는 배하나가 되겠습니다! 그리고 우리 지수 더 예뻐해 주세요! 그렇다고 해서 저보다 더 등수가 높아져서는 안 되니까 저도 예뻐해 주세요!"

"야! 그게 대체 무슨 말이야?"

"몰라. 근데 심려가 뭐야?"

"멍텅구리야! 지금 카메라 돌아가고 있잖아!"

"지, 진짜예요, 작가님?"

지금까지 베이글 센터라는 별명으로 불리며 남성 시청자들의 압도적인 지지를 받고 있던 배하나이다.

일순간에 정체를 들킨 배하나가 발을 동동 굴렀다.

"하하하!"

현우가 박장대소를 했다. 앞으로 어떤 별명들이 생길지 대충 예상이 갔다.

다시 스튜디오로 화면이 전환되었다. 송지유가 우르르 들어오는 연습생들을 맞이해 주었다.

그리고 마지막으로 이지수와 배하나가 나타나자 연습생들이 일제히 박수를 쳐주었다.

이지수와 배하나가 연신 연습생들에게 고맙다며 고개를 숙였다.

"너희들, 이리 와봐."

송지유의 말에 이지수와 배하나가 눈을 동그랗게 떴다.

그러더니 쪼르르 송지유에게 달려갔다. 잠시 아이들을 쳐다보던 송지유가 두 아이를 안아주었다.

"잘 견뎌냈어. 잘했어, 애들아."

늘 차갑게만 보이던 송지유의 따뜻한 면에 배하나와 이지수가 결국 눈물을 터뜨렸다. 지켜보고 있던 연습생들도 마찬가지였다.

뒤에서 이를 지켜보고 있던 김민수가 천천히 스튜디오로 들어왔다.

"음. 괜히 나도 눈물 나려고 하네. 지수랑 하나 고생 많았다. 그래도 이제 마음 쓰지 마. 너희 대표님이 아주 혼쭐을 내줬거든. 그나저나 송 대표가 오늘 인기가 많네?"

이때다 싶었는지 다른 연습생들도 한 명씩 송지유에게 안겨들었다.

"그럼 내가 말해야지, 뭐. 2주 후에 1차 그룹 경연이 있을 거야. 이 경연 때문에 너희들이 지금까지 고된 연습을 한 거나 마찬가지지. 우리나라에서 내로라하는 작곡가 선생님들이 너희들이 부를 곡을 만들어주실 거야. 그러니까 다들 각오하는 게 좋을걸."

김민수의 설명에 훌쩍이고 있던 아이들이 잔뜩 긴장을 머금었다. 6회 차를 앞두고 '프로듀스 아이돌 121'은 분수령을 맞이하고 있었다.

*   *   *

한류 트레이닝 센터 내의 제작진 회의실에 유명 작곡가들이 모여 있다. 요즘 한창 주가를 올리고 있는 신인 작곡가 블루마운틴도 모습을 보였고, 기존에 명성을 쌓아놓은 작곡가도 여러 명이었다.

그중 가장 압도적인 커리어를 가지고 있는 작곡가를 꼽는다면 당연히 'lees Studio'의 이명훈이라 할 수 있었다.

블루마운틴도 그렇고 다른 작곡가들도 전부 후배인지라 이명훈은 제작진과의 대화를 주도하고 있었다.

"하하, 프로듀스 아이돌 121은 저도 아주 잘 보고 있습니다. 마흔이 훨씬 넘은 나이에 주책이라고는 하는데 너무 재있는 걸 어떻게 합니까? 근데 작곡가 한 명이 더 있다고 하셨죠? 누구입니까?"

이명훈이 이승훈에게 물었다. 이승훈이 대답하려는 찰나 회의실 문이 열렸다. 이승훈이 반색했다.

"저기 저분이 저희가 마지막으로 섭외한 작곡가 분입니다. 어울림 소속이신데 초면이시죠?"

"어울림요?"

이명훈에게는 그다지 반가운 이름이 아니었다. 예전에 송지유의 데뷔 앨범 제작을 거절한 기억이 아직도 생생했다.

'쩝. 그래도 아쉽긴 아쉽네.'

입맛을 다시며 이명훈이 고개를 돌렸다. 그리고 그 순간 이명훈은 할 말을 잃어버렸다. 어울림 소속이라는 작곡가가 바로 오승석이었기 때문이다.

3장

을이 갑을 다시 만났을 때

"오랜만이다, 오승석?"

이명훈이 태연한 척 먼저 인사를 건넸다.

"네, 오랜만이네요. 잘 지내셨죠?"

오승석이 자리에 앉아 가볍게 인사를 했다. 예상과 다른 반응에 이명훈의 얼굴이 살짝 굳었다. 그러거나 말거나 오승석은 제작진과 인사를 나눴다. 다른 작곡가들과도 간단히 통성명을 했다.

메인 피디 이승훈이 입을 열었다.

"다 모이셨으니까 간단하게 설명을 해드릴게요. 현재 프아돌은 5회 차까지 방송이 나간 상태입니다. 4회 차에서는 첫 그룹별 공연 미션이 있었죠. 5회 차에서도 그룹별 공연 미션이 있었지만 부득이하게 비중이 많이 적었습니다."

오승석이 고개를 끄덕거렸다.

5회 차 방송은 그룹별 공연 미션보다는 이지수와 배하나에게 초점이 맞춰져 방송이 나갔다.

"본래 저희 제작진의 기획 의도는 연습생들의 치열한 경쟁을 통해서 연습생들의 열정을 시청자들에게 보여준다는 거였는데, 어쩌다 보니 치열한 경쟁보다는 연습생 개개인의 이야기에 초점을 맞추게 된 것 같아요."

"덕분에 시청자들의 반응은 더 좋았죠. 경쟁을 모토로 하는 오디션 프로는 그동안 흔하고 흔했잖아요?"

이진이가 말을 보탰다.

'프로듀스 아이돌 121'의 5회 차 시청률은 무려 17%를 돌파하는 기염을 토했다.

"어울림 엔터테인먼트의 영향이 컸죠."

이진이가 말했다.

확실히 그랬다. 첫 회부터 이솔이 시청률을 견인하는 데 가장 큰 역할을 했다.

현우가 섭외한 코인 엔터의 프리즘과 디온 뮤직 출신의 사바나도 흙수저 연습생으로 불리며 시청자들에게 사랑을 받고 있었다. 이지수는 하차 논란까지 벌어졌지만 진실이 밝혀지며 오히려 5회 차 시청률을 더욱 끌어올렸다.

"김 대표가 들으면 진짜 좋아할 거 같은데요?"

오승석은 어깨가 으쓱해졌다. 반면 어울림과 현우의 이야기가 나오자 이명훈의 표정이 복잡해 보였다.

이승훈이 다시 말을 이어갔다.

"서론이 길었네요. 저희 제작진의 목표는 시청률 20%를 돌파하는 겁니다. 그러기 위해선 프아돌만의 정체성이 담긴 오리지널곡들이 필요합니다. 단순히 유명 걸 그룹들의 곡을 가지고 경연을 한다면 그저 따라 하는 것밖에는 되지 않으니까요. 그래서 이렇게 작곡가 여러분을 모신 겁니다."

"그럼 주제를 말씀드릴게요. 주제는 모두 여섯 가지예요. 큐티, 섹시, 힙합 댄스, 걸크러쉬, 일렉트로니카, 그리고 걸리쉬가 마지막이에요."

이진이의 설명이 끝나자 작곡가들이 은연중에 눈치를 보기 시작했다.

프아돌이 시청률 17%에 달하는 인기 프로인 만큼 작곡가들에게도 자존심이 걸려 있었다.

"저는 힙합 댄스로 가겠습니다."

플래시즈 엔터 소속의 작곡가 제이슨 리가 먼저 손을 들며 말했다. 재미 교포 출신인 제이슨 리는 힙합 장르에 능통한 작곡가였다. 실제로 그의 히트곡 두 개가 전부 남자 힙합 아이돌 그룹의 타이틀곡이기도 했다.

"아시다시피 큐티 쪽은 정말 자신 있습니다!"

이번에는 1세대 걸 그룹 펑크를 배출한 파인애플 뮤직 소속의 유지오가 큐티를 가져갔다. 섹시는 기성 작곡가 최정민이 가져갔다.

걸크러쉬와 일렉트로니카, 걸리쉬 이렇게 세 개의 장르가 남은 상황에서 일렉트로니카는 블루마운틴이 유력했다.

블루마운틴은 음원 차트에서 11등을 기록하고 있는 it's me의 작곡가이기도 했다. 결국 남은 장르는 걸크러쉬와 걸리쉬뿐이다.

"전 걸크러쉬로 가겠습니다."

이명훈이 먼저 선수를 쳤다.

블루마운틴이 눈살을 찌푸렸다. 여섯 개의 장르 중에서 요즘 가장 핫한 장르가 바로 걸크러쉬였다.

어울림 소속의 신인 작곡가를 위해서 암묵적으로 남겨둔 감이 없지 않았는데 그걸 대선배인 이명훈이 홀랑 가져가 버렸다.

'괜찮을까?'

블루마운틴이 걱정스러운 얼굴로 오승석을 살폈다.

걸리쉬는 걸 그룹 하면 떠오르는 가장 대표적인 콘셉트이다. 주로 데뷔 때 청순함과 여성스러움을 부각시키기 위해 걸리쉬 장르의 곡을 들고 나온다. 하지만 걸리쉬 장르를 후속 앨범의 콘셉트로 잡고 나오는 경우는 거의 없었다.

이유는 단순했다. 수없이 선보인 장르라 식상했기 때문이다. 그런데 하필 걸리쉬 장르를 신인 작곡가가 맡게 되었다.

'어디 고생 좀 해봐라, 건방진 자식아.'

이명훈은 속으로 고소를 머금고 있었다.

제작진 회의를 마치고 오승석은 한류 트레이닝 센터를 빠져나왔다. 아이들을 잠시 만나볼까 했지만 연습에 방해가 될까 그만두었다.

정문을 지나 계단을 내려가는데 누군가가 오승석의 앞을 가로막았다. 서글서글한 인상의 블루마운틴이었다.

"오승석 작곡가님이시죠?"

"아, 예. 그렇긴 한데 아직 작곡가라고 스스로 말하기는 좀 부끄럽네요."

오승석이 안경을 고쳐 쓰며 말했다. 블루마운틴이 빙긋 웃었다.

"정말 감사했습니다."

"감사요? 저한테 감사할 일이 있으세요?"

의아했다. 블루마운틴이라면 요즘 가장 핫한 걸 그룹 올스타의 작곡가였다.

"당연하죠. 핑크플라워 정규 앨범에 제 곡을 실어주셨잖아요."

"아, 그렇군요!"

오승석이 타이틀곡으로 추천한 'GOGO Dance'의 원작자가 바로 블루마운틴이었다.

'내가 왜 이걸 잊어버리고 있었지?'

오승석 스스로도 어이가 없었다. 'GOGO Dance' 때문에 이명훈에게 따귀까지 맞은 기억이 아직도 생생했다.

"그때 승석 씨가 정규 앨범에 제 곡을 실어주시는 덕분에 여러모로 도움을 많이 받았습니다. 정말 감사합니다."

"아닙니다. 워낙 곡이 좋아서 그런 거였죠."

"저어… 초면에 실례이기는 한데, 이명훈 프로듀서님이랑은 사이가 별로 좋아 보이지 않던데요?"

"네. 뭐 제가 때려치우고 나온 건 사실이니까요."

"아! 그래서 어울림으로 가신 거였구나."

블루마운틴이 고개를 끄덕거렸다. 그때 초록색 봉고차가 다가왔다. 봉고차에서 내린 현우가 오승석을 발견하고 성큼성큼 걸어왔다.

"회의는 잘했어?"

"나름 잘 끝났어."

현우의 시선이 블루마운틴을 향했다. 누구냐고 묻고 있는 것이다.

"여기 이분은 블루마운틴 작곡가님. 너도 알고 있지?"

오승석의 소개에 현우의 얼굴이 환해졌다.

"블루마운틴 작곡가님이셨군요. 반갑습니다. 어울림의 김현우입니다."

현우가 먼저 손을 내밀었다.

"블루마운틴입니다. 영광입니다, 김현우 대표님."

"영광은요. 제가 더 영광이죠. 올스타가 요즘 엄청 잘나가던데요? 저도 노래 잘 듣고 있습니다."

"감사합니다. 여기서 이렇게 두 분을 만나 뵙게 될 줄은 몰랐네요. 사실 김현우 대표님을 꼭 한번 만나 뵙고 싶었거든요."

"저를요?"

현우가 눈동자를 빛냈다.

블루마운틴, 지금은 주목받는 신인 작곡가이지만 현우가 과거로 돌아오기 전에는 그의 손을 거치지 않은 가수가 없을 정도였다. 특히 걸 그룹 프로듀싱에는 천부적인 재능을 가지고 있었다.

현우가 씩 웃었다.

"바쁘시지 않으면 소주에 삼겹살 어떠세요?"

"지금요?"

블루마운틴이 하늘을 쳐다보았다. 여름 햇살이 강렬하게 내려쬐고 있었다.

"네. 연남동 도착하면 5시 정도 될 테니까 딱 좋겠네요. 지유도 부르겠습니다."

"소, 송지유요?"

블루마운틴이 크게 놀랐다.

송지유는 대중들에게만 사랑을 받고 있는 것이 아니었다. 아련하고 청아한 특유의 음색은 작곡가들에게 더욱 많은 호평을 받고 있었다.

"저야 영광이죠."

"그럼 타시죠."

현우의 말에 블루마운틴이 초록색 봉고차로 시선을 돌렸다.

"말로만 듣던 호박 마차를 제가 타보게 될 줄은 몰랐습니다."

"하하, 호박 마차라는 별명, 지유는 별로 좋아하지 않습니다."

"그, 그렇습니까?"

"농담이죠."

블루마운틴이 픽 웃었다. 여러모로 참 유쾌한 사람이라는 생각이 들었다.

연남동의 허름한 삼겹살 가게. 현우는 오승석, 블루마운틴과 함께 많은 대화를 나누고 있었다.

"승석 씨랑 대표님은 잘 모르시겠지만, 저는 두 분 덕을 정말 많이 봤습니다. 고양이 소녀들이 일본 공연에서 제 곡을 불러줘서 그때부터 모든 게 잘 풀리기 시작했어요. 올스타 애들 곡 의뢰도 일본 공연이 화제가 되고 나서 들어온 거니까요."

'GOGO Dance'는 현우가 과거로 돌아오기 전에는 지금보다 1년이나 더 늦게 빛을 발한 곡이다. 그런데 일본 소극장 공연과 공사장 공연 영상이 WE TUBE에서 엄청난 조회 수를 기록하면서 덩달아 'GOGO Dance'까지 주목을 받게 되었다.

그 결과 아이러니하게도 핑크플라워가 아닌 블루마운틴이 더 주목을 받게 되었고, 결국 걸 그룹 올스타의 프로듀싱까지 맡게 된 것이다.

"작곡가님이 능력이 있으시니까 가능한 이야기죠. 곡이 좋지 않았다면 저희도 GOGO Dance를 부르지 않았을 겁니다."

"하하, 그건 그렇지만 저는 정말 감사한 마음입니다. 그런데 승석 씨, 괜찮겠어요?"

현우가 오승석을 쳐다보았다.

"이명훈이랑 무슨 일 있었냐?"

"그런 건 아냐."

"승석 씨랑 이명훈 선배랑 진짜 사이가 안 좋긴 하나 보네요. 제가 대신 말씀드릴게요."

블루마운틴이 입에다 소주를 털어 넣고 아까 있었던 일들을 현우에게 설명해 주었다. 이야기를 들은 현우의 표정이 썩 좋지 못했다.

"한 번 양아치는 평생 양아치라더니. 승석아, 괜찮겠어?"

현우 역시 오승석이 걱정되었다. 걸리쉬 장르의 곡은 아무리 곡을 잘 만든다고 해도 호평을 받기가 어려웠다. 오승석이 소주잔에 소주를 가득 채웠다.

"해봐야지. 우리 회사에서 나만 아직 밥값 못 하고 있잖아. 무조건 해낼 거야."

오승석의 말에 현우가 쓰게 웃었다.

"네가 무슨 밥값을 못 해? 지유 데뷔 싱글 앨범 프로듀서는 바로 너였어. 잊었냐?"

"아니."

"그러니까 힘내라고. 우리 회사 이제 돈 잘 벌잖아. 몇 년 정도는 작곡 공부만 해도 상관없어. 내가 다 뒷바라지할게."

"말만 들어도 고맙다."

현우와 오승석의 대화를 듣고 있던 블루마운틴은 갑자기 둘 사이가 부러워졌다.

옥탑에서 유통기한이 지난 라면을 끓여 먹던 게 엊그제이다. 만약 자신에게 김현우 대표 같은 친구가 있었다면 어땠을까 하는 생각이 들었다.

"술이나 마시자. 작곡가님, 건배하죠."

"네, 건배해야죠!"

세 남자가 잔을 높이 들었다. 그런데 갑자기 현우가 어딘가를 바라보며 굳어버렸다. 블루마운틴의 고개가 자연스레 그리로 향했다.

"헉!"

블루마운틴은 하마터면 소주잔을 떨어뜨릴 뻔했다.

가게 문 사이에 송지유가 서 있었다. 냉기를 풀풀 풍기는 송지유의 시선이 현우를 향해 있다.

"낮술 하지 말라고 했어요, 안 했어요?"

"한 것 같은데……."

당황한 현우가 소주잔을 내려놓고 머리를 긁적였다. 송지유의 시선이 뒤늦게 블루마운틴을 향했다.

"아, 저는 작곡가 블루마운틴입니다! 만나 뵙게 되어 영광입니다!"

블루마운틴이 서둘러 자리에서 일어났다. 비록 스무 살밖에 되지 않았지만 송지유는 연예인들의 연예인이라 불릴 만큼 절정의 인기를 누리고 있었다.

"아! 유명하신 작곡가 선생님이시죠? 안녕하세요? 송지유입니다."

송지유가 살짝 웃으며 인사했다. 블루마운틴이 멍한 얼굴을 했다.

방금 전에는 감히 말도 붙이지 못할 만큼 차가워 보였는데, 또 이렇게 보니 상당히 예의가 발라 보였다.

"이모, 오늘처럼 한 병 주세요."

"아이고, 우리 지유 왔구나."

"아직도 허리 아프세요? 근처 병원 다녀오라고 말씀드렸잖아요. 내일도 안 가시면 앞으로 여기 안 올 수도 있어요?"

주방 이모와 편안하게 대화를 나누는 송지유의 모습에 블루마운틴은 또 한 번 놀랐다.

그런데 어느새 송지유가 현우를 노려보고 있었다.

"깜짝이야!"

"왜 몰래 혼자 마셔요?"

"깜빡이 좀 켜고 들어오라니까?!"

"운전면허증도 없는데 어떻게 깜빡이를 켜요? 치사하게 나만 빼놓고 자꾸 이럴 거예요?"

이런 모습을 보면 또 영락없는 스무 살 여대생 같기도 했다.

'어울림이라……. 상당히 재밌는 곳이네.'

*　　　*　　　*

'프로듀스 아이돌 121' 6회 차 녹화까지 남은 시간은 겨우 하루뿐이었다. 오승석은 2층 녹음실에 틀어박혀 두문불출하고 있었다.

"승석이 오늘도 밤샌 거야?"

현우가 녹음실 문을 바라보며 손태명에게 물었다. 손태명이 고개를 끄덕거렸다.

"아마 그럴 거야."

"그래도 밥은 먹여야지. 들어가 보자."

끼익.

방음문을 열고 들어가자 소파에 누워 잠들어 있는 오승석이 보였다.

"깨울까?"

"아니, 일단 자라고 두자. 간만에 중국 음식이나 시켜 먹을까?"

"좋지. 내가 주문할게."

손태명이 주문을 하는 사이, 현우는 오승석이 앉아 있던 자리를 살펴보았다.

며칠 동안 밤을 새워가며 작업을 한 흔적이 곳곳에 남아 있었다.

"정리 좀 하지. 이게 뭐냐?"

급한 대로 음료수 캔이나 햄버거 포장지를 모아 쓰레기통에 담았다. 순간 현우의 손이 마우스를 스치고 지나갔다. 녹음실로 전주가 흘러나오기 시작했다.

"주문했어. 근데 이거 승석이가 만든 곡 같은데? 맞지?"

"응. 그런 거 같다."

"시작 부분은 괜찮은데?"

"잠깐!"

별안간 현우가 손을 들었다.

"왜?"

"잠깐만 조용히 해봐."

현우의 표정이 점점 심각해졌다. 그사이 부스스 머리를 긁으며 오승석이 잠에서 깨어났다.

장마철이라 비가 쏟아지고 있었다. 초록색 봉고차가 한류 트레이닝 센터 앞에서 멈추었다. 현우와 오승석은 서둘러 입구를 향해 뛰었다.

"안녕하세요, 대표님?"

복도를 걷고 있는데 연습생들이 현우를 향해 인사를 해왔다. 현우는 일일이 손을 들어 연습생들에게 인사를 해주었다.

제작진 회의실로 들어가자 일제히 현우를 향해 시선이 쏟아졌다.

"오랜만입니다, 대표님! 저 기억하시죠?"

"당연히 기억하고 있죠. 파인애플 뮤직의 이진원 팀장님 아니십니까?"

"하하, 두 번째로 뵙는데 더 반갑네요."

현우와 이진원이 악수를 주고받았다.

"여기 이분은 저희 소속 작곡가 유지오 씨입니다."

"어울림의 김현우입니다. 반갑습니다, 작곡가 선생님."

현우가 먼저 유지오에게 인사를 했다. 선생님이라는 말에 유지오의 입이 귀에 걸렸다.

플래시즈 엔터의 이기혁 실장이 옆에서 현우의 눈치를 살피고 있다. 얼마 전에 이지수를 하차시켜야 한다며 가장 먼저 의견을 내놓은 장본인이 바로 이기혁이었다.

현우가 빙긋 웃으며 먼저 이기혁에게 다가갔다.

"밖에 비도 오고 날씨가 영 못쓰겠네요. 오는 길에 와이퍼가 고장 나서 고생 좀 했습니다."

먼저 말을 걸어주자 이기혁의 표정이 눈에 띄게 밝아졌다.

"저번 일은 제가 사과드리겠습니다. 생각이 짧았습니다, 대표님."

"아뇨, 아닙니다. 실장님께서도 연습생 아이들이 걱정되어서 그러신 건데요. 이해합니다."

"그렇게 생각해 주시니 정말 감사합니다. 나중에 기회가 있으면 제가 식사 한번 대접하겠습니다."

"하하, 저야 감사하죠. 맛있는 걸로 사주시면 좋겠네요."

"당연하죠!"

현우와 이기혁이 서로 웃는 얼굴을 했다.

"이쪽은 작곡가 제이슨 리입니다. 저랑 친한 동생이기도 하고 이번에 저희 회사에 전속 작곡가로 데리고 왔습니다."

이기혁이 제이슨 리를 소개했다. 현우도 제이슨 리를 알고 있었다. 몇 달 전, 송지유의 데뷔 싱글 앨범이 대박이 터지면서 제이슨 리의 곡을 들고 나온 보이 그룹 저지먼트가 차트에서 죽을 쑨 적이 있다.

"제이슨 리입니다. 저 아시죠? 모르실 수가 없으실 거예요."

"당연히 알죠. 그래서 어떻게 인사를 해야 하나 생각하느라 인사가 늦었습니다. 어울림의 김현우입니다."

"제이슨 리입니다. 우리 음원 차트에서는 또 만나지 말아요."

"하하, 그럴까요?"

제이슨 리의 농담 섞인 말에 현우도 피식 웃었다.

"……."

이명훈이 불편한 얼굴로 현우를 지켜보고 있다. 친분이 있는 기성 작곡가 최정민조차도 현우와 안면을 트고 있었다. 자기만 홀로 의자에 앉아 있는 꼴이었다. 그러다 오승석과 눈이 마주쳤다.

'그래도 저 녀석이 소개 정도는 해주겠지?'

이명훈의 기대와 달리 오승석은 짤막하게 고개를 숙여 인사를 해올 뿐 말조차 걸지 않았다.

최정민과 대화를 끝낸 현우는 이명훈에게 먼저 인사를 할까 하다 그냥 그만두었다.

처음 스튜디오에서 이명훈을 만났을 때가 떠올랐다. 먼저 스케줄을 잡았는데도 현우와 송지유는 문전박대를 당하고 스튜디오에서 쫓겨나다시피 했다. 오승석은 따귀를 맞아 안경이 부러지기도 했다.

결국 현우는 이명훈을 무시하기로 했다. 때마침 블루마운틴이 나타났다. 현우와 오승석을 발견한 그가 반가운 얼굴을 했다.

"일찍 왔네? 비 엄청 내리는데 봉고차 괜찮았어?"

"그렇지 않아도 와이퍼가 고장 났어."

"그랬구나. 나도 간신히 왔어. 무슨 비가 이렇게 많이 오는지……."

현우는 블루마운틴과 편안하게 대화를 나누었다. 서로 동갑내기였기 때문에 현우와 오승석은 블루마운틴과 자연스레 말을 놓기로 했다.

한편, 이를 지켜보고 있는 이명훈은 속이 부글부글 끓었다.

가뜩이나 블루마운틴을 경계하고 있었는데 현우와 말까지 놓고 있는 것을 보자 배알이 뒤틀렸다. 그사이 블루마운틴이 다가왔다.

"선배님, 오셨어요?"

블루마운틴이 정중하게 인사를 해왔다. 순간 이명훈은 자제력을 잃어버렸다.

"선배가 맞기는 하지?"

"네?"

블루마운틴이 당황해했다. 이를 지켜보던 현우와 오승석도 덩달아 얼굴이 굳었다. 아차 싶었지만 이명훈은 오히려 이때가 기회다 싶었다.

"선배가 있으면 선배한테 가장 먼저 인사를 해야지. 제이슨 리도 그렇고 블루마운틴 너도 그렇고 외국 살다 온 애들은 하나같이 왜 이렇게들 인사성이 없냐? 선배들이 있으면 선배들부터 챙겨야지."

어감이 조금 이상했다. 이명훈은 현우뿐만 아니라 현우와 인사를 나눈 사람들까지 교묘하게 저격하고 있었다.

"선배, 갑자기 왜 그래요? 아직 제작진도 안 왔고 그냥 가볍게 이야기 몇 번 주고받은 건데요? 제이슨이랑 유지오도 그렇고 다 인사하지 않았습니까? 그리고 블루마운틴은 선배님을 좀 늦게 본 거 같은데요?"

이명훈을 제외하면 가장 연차가 높은 작곡가 최정민이 상황을 진정시키려 했다. 이명훈의 얼굴이 구겨졌다.

"최정민이 너 같은 자식이 위아래도 없이 대하니까 요즘 젊은 놈들이 지들 세상인 줄 알고 인사 하나 똑바로 안 하는 거 아니냐? 엉?"

"아니, 내가 또 언제 그랬어요? 선배, 참으세요. 참아요."

최정민이 이명훈의 양팔을 잡았다.

"놔라!"

이명훈이 획 최정민을 밀쳤다.

'제대로 꼰대가 납셨네.'

40대를 훌쩍 넘긴 업계 선배들 중에는 꽉 막힌 마인드를 가지고 있는 꼰대들이 제법 있었다.

장지석처럼 톱스타의 위치에 있으면서도 자신을 낮추며 후배들을 대하고 직접 모범을 보이는 선배들이 있는 반면, 이명훈처럼 그저 나이가 많다고, 또 명성이 있다고 선배 대접을 바라는 꼰대들도 적지 않았다.

최정민이 얼굴을 붉혔다. 나이로 따지자면 이명훈과 동갑인 그였다.

그리고 최정민의 커리어도 이명훈에게 그다지 꿀릴 것이 없었다.

"선배, 너무하는 거 아닙니까? 저도 이제 15년차 작곡가입니다! 선배가 후배 대접을 제대로 해줘야 애들도 선배 대접을 할 거 아닙니까?! 업계에서 선배보고 뭐라고 하는 줄 알아요?"

"뭐, 이 자식아?! 내가 뭘?"

"무작정 선배 대접만 받으려고 하면 어떻게 합니까!? 그러니 따르는 후배들도 없는 거 아닙니까?!"

"……."

할 말을 잃은 이명훈을 회의실에 모여 있는 기획사 관계자들과 후배 작곡가들이 빤히 바라보고 있었다.

"후우."

"김 대표, 지금 한숨 쉰 거야?"

불똥이 현우에게로 튀었다.

"요즘 잘나간다고 눈에 뵈는 게 없지? 올챙이 시절 생각 못한다고 우리 스튜디오에 디지털 싱글 만든다고 찾아온 게 불과 몇 달 전이야. 겸손해야 하지 않겠어, 김 대표?!"

순간 이성의 끈이 툭 하고 끊어졌다. 오승석이 현우의 어깨를 잡더니 앞을 가로막았다.

"선배님, 그래서 선배님이 그 디지털 싱글 앨범 제작해 주셨습니까? 문전박대하고 현우랑 지유 쫓아내셨잖아요? 그리고 그날 저도 쫓겨났죠. 이 안경 보이십니까?"

오승석이 안경을 벗어 보였다. 검은 뿔테 안경인데 한쪽만 유난히도 색이 밝았다.

"선배님한테 따귀까지 맞고 부러진 안경입니다. 절대 그날을 잊지 않으려고 아직도 이 안경 쓰고 다닙니다. 아세요?"

비하인드 스토리에 모든 사람이 이명훈을 벌레 보듯 했다.

"오승석이 너, 스튜디오 박차고 나가더니 많이 컸다? 어울림이랑 송지유가 잘나간다고 네가 잘나가는 거 같아?! 뭐라도 되는 것 같지? 김 대표가 아니었으면 네가 여기 들어올 자격이나 있을 거 같아? 엉?!"

정곡을 찔린 이명훈이 씩씩거리며 화를 냈다.

"됐어, 승석아."

이번에는 현우가 오승석의 앞을 가로막았다.

"저희 전속 작곡가한테 말씀이 심하시군요. 승석이가 뭐라도 되는 줄 아시냐고 말씀하셨는데, 죄송하지만 오승석 작곡가는 저희 어울림의 프로듀서입니다. 그리고 한 달 넘게 음원 차트 1위를 차지한 지유의 데뷔 디지털 싱글 앨범을 제작하기도 했죠. 그런데도 자격이 부족합니까?"

현우는 조목조목 반박했다. 이명훈의 얼굴이 벌게지다 못해 새빨개졌다.

"그래도 난 저 자식 절대 인정 못 해!"

이명훈이 말도 안 되는 억지를 부렸다. 블루마운틴이 어이없다는 듯 고개를 저었다. 다른 사람들도 마찬가지였다.

"그럼 이렇게 하죠. 오늘 녹화에서 연습생들이 곡을 선택할 겁니다. 만약 오승석 작곡가의 곡이 이명훈 선생님의 곡보다 음원 차트에서 낮은 순위를 기록하면 저랑 오승석 작곡가가 사과하겠습니다. 대신 오승석 작곡가의 곡이 이명훈 선생님보다 높은 순위를 기록하면 반대로 저희한테 사과하셔야 할 겁니다."

파격적인 제안에 회의실이 얼어붙었다. 이명훈이 비릿한 미소를 머금었다.

"그럼 그렇게 합시다. 그 약속 꼭 지킵시다. 엉?"

"물론이죠. 약속은 꼭 지키셔야 할 겁니다."

현우의 엄포에 이명훈이 콧방귀를 뀌며 회의실을 나갔다.

"현우야, 그건 너무 불리한 조건이야. 화가 난 건 알겠는데, 차분하게 생각을 좀 해봐. 승석이 입장도 생각을 해야지."

블루마운틴이 현우에게 말했다.

"대표님, 이번에는 좀 위험합니다. 아무리 저 양반이 성격이 개차반이긴 해도 히트곡은 많지 않습니까? 괜히 성질 나쁜 인간한테 구실만 주는 셈입니다."

파인애플 뮤직의 이진원 팀장도 현우를 말렸다.

현우가 얕게 웃어 보였다.

"괜찮습니다. 저도 승산 없는 싸움은 할 생각이 없으니까요. 승석아, 자신 있지?"

"자신 있어."

오승석이 단단히 결심을 한 얼굴로 대답했다.

$$*\qquad*\qquad*$$

6회 차 녹화가 시작되었다. 한류 트레이닝 센터 내에 설치되어 있는 수많은 카메라가 연습생들을 담기 시작했다.

VJ들도 카메라를 들고 다니며 분주히 촬영에 열중했다. 트레이닝 룸에서 등급별 트레이닝이 끝나고 다시 스튜디오로 연습생들이 나타났다.

송지유가 스튜디오로 올라가기 전 최종 점검을 하고 있다.

"화장 조금 더 진하게 할까? 어때?"

김은정이 송지유에게 거울을 비추며 물었다.

"지금이 딱 좋은 거 같은데? 더 진하게 하려고?"

현우가 끼어들었다. 김은정이 메이크업 박스를 열며 말했다.

"오늘 탈락자가 발표되는 날이잖아요. 그래서 조금 진하게 하려고 했어요. 조금 카리스마 있게 보이면 좋지 않을까요?"

"그래. 은정이 네가 오죽 잘할까."

"맡겨만 두라니까요."

김은정이 능숙하게 송지유의 메이크업을 수정했다.

"잘하고 와, 지유야."

"걱정 말아요."

현우의 배웅을 뒤로하고 송지유가 무대 위로 올랐다.

"안녕하세요. 한 주간 다들 잘 지내셨나요?"

"네!"

연습생들이 한목소리로 외쳤다. 송지유가 조금은 굳은 얼굴을 했다.

덩달아 연습생들의 얼굴도 무거워졌다. 작은 한숨과 함께 송지유가 입을 열었다.

"오늘 이곳을 떠나야 하는 연습생들이 있을 거예요. 그동안 정말 수고했고 고생 많았어요. 오늘은 비록 탈락하겠지만 이곳에서의 경험은 여러분을 더 강하게 만들어줄 거라 믿어요."

연습생들이 고개를 끄덕거렸다. 대본에도 없는 송지유의 진심이 담긴 말이었다.

송지유의 말이 끝나자 거대한 스크린으로 연습생들의 얼굴과 이름이 떠올랐다.

실제 스튜디오에서 녹화를 지켜보는 것은 처음이고, 또 오늘 녹화에서 첫 탈락자들이 선정되었기에 현우도 긴장되었다.

'오늘 55명이 탈락한다고 했나.'

상당한 숫자의 연습생이 탈락을 기다리고 있었다. 긴장감이 고조되는 가운데 드디어 탈락자 선정이 진행되었다.

121등부터 한 명씩 탈락한 연습생의 얼굴과 이름이 나타났다. 탈락이 결정된 연습생들의 반응은 제각각이었다. 아쉬움에 눈물을 흘리는 연습생도 있고, 후련한지 오히려 편안해 보이는 연습생도 있었다.

55명의 탈락자가 모두 정해졌다. 탈락자 중에는 안타깝게도 사바나 멤버이던 아이들도 세 명이나 포함되어 있었다.

등수가 30등 안으로 좁혀졌다. 사바나의 리더인 유은이 29등을 차지했다.

그리고 프리즘의 양시시가 28등을, 전유지는 24등을 기록했다. 그렇게 20등까지의 순위 발표가 끝이 났다.

이제 남은 것은 19등부터 1등까지의 등수였다.

"죄송합니다. 여기서부터는 비공개 녹화로 들어가야 할 것 같습니다."

조연출이 양해를 구해왔다.

"당연히 나가야죠."

현우는 빙긋 웃으며 스튜디오를 벗어났다.

6회 차의 핵심인 곡 선정 시간이 마침내 다가왔다.

한류 트레이닝 센터 내의 강당으로 66명의 연습생이 모습을 드러냈다. 연습생들은 살아남았다는 안도감과 더불어 잔뜩 들떠 있었다.

'프로듀스 아이돌 121' 제작진이 섭외한 작곡가들이 작곡한 여섯 개의 곡이 드디어 선을 보이기 때문이다.

송지유가 다시 강당으로 나타났다. 강당에는 여섯 개의 작은 무대가 놓여 있었다. 그리고 무대마다 큐티, 섹시, 힙합 댄스, 걸크러쉬, 일렉트로니카, 걸리쉬 장르가 적힌 팻말이 꽂혀 있었다. 작곡가가 누구인지는 철저하게 익명에 붙여졌다.

"지금부터 순서대로 여섯 개 장르의 곡을 들려 드리겠습니다. 선택은 연습생 여러분의 몫입니다."

먼저 큐티와 섹시 장르의 곡이 흘러나왔다. 연습생들이 진지한 얼굴로 데모곡들을 경청했다. 힙합 댄스가 나오자 몇몇 연습생이 춤을 추기도 했다.

그리고 이명훈이 작곡한 걸크러쉬 장르의 데모곡이 강당으로 흘러나왔다.

강렬한 메탈 사운드를 기반으로 한 걸크러쉬곡에 연습생들의 반응은 상당했다.

강당 내 대기실에서 화면으로 이를 지켜보고 있던 이명훈이 의기양양한 표정으로 현우와 오승석을 쳐다보았다.

'누가 끝에 가서 웃을지 한번 보자고.'

이명훈의 오만한 표정을 보면서도 현우는 눈 하나 깜짝하지 않았다.

이명훈의 데모곡이 끝나고 블루마운틴이 작곡한 데모곡이 강당으로 흘러나왔다.

강렬하고 스피디한 일렉트로니카 장르의 데모곡에 연습생

들이 흥이 나서 춤을 추기 시작했다.

"곡 정말 좋은데?"

현우도 칭찬을 아끼지 않았다. 단체곡으로 만든 'it's me'보다 지금의 곡이 훨씬 더 신이 나고 흥겨웠다.

"후우, 이제 내 차례네."

오승석이 안경을 고쳐 쓰며 숨을 골랐다.

그리고 오승석이 작곡한 걸리쉬 장르의 데모곡이 강당으로 흘러나오기 시작했다.

"어? 이거 신스팝인데?"

블루마운틴이 오승석을 보며 놀랐다. 오승석이 고개를 끄덕거렸다.

신스팝은 1970년대 말부터 1980년대에 걸쳐 세계적으로 유행했던 팝 음악의 장르 중 하나이다.

락 사운드에 전자음악을 도입한 장르였고, A—HA라는 락밴드의 'Take On Me'라는 곡은 아직까지도 많은 사랑을 받고 있었다.

묵직한 베이스를 기반으로 경쾌한 전자음이 섞인 전주곡이 강당으로 울려 퍼졌다. 생소한 사운드에 연습생들이 쫑긋 귀를 기울였다.

'내가 더 떨리는데.'

현우는 초조한 얼굴로 연습생들의 반응을 살폈다. 요즘 가요계에서 쉽게 접할 수 없는 낯선 장르의 데모곡이었다. 걱정이 될 수밖에 없었다.

이명훈은 그럼 그렇지 하는 표정으로 오승석을 깔보고 있었다. 유행이 지나도 한참 지난 신스팝 장르를 '프로듀스 아이돌 121'에 들고 왔다. 절로 비웃음이 나왔다.

"음?"

블루마운틴의 미간이 급히 접혔다가 펴졌다. 경쾌하고 통통 튀는 전자음이 섞인 멜로디가 귓가를 강렬하게 사로잡았다.

연습생들도 눈을 크게 뜨고 오승석의 데모곡에 귀를 기울이기 시작했다.

오승석이 작곡한 데모곡은 걸리쉬 그 자체였다. 소녀다움과 발랄함, 그리고 아련한 느낌까지 들었다.

흔하디흔한 걸리쉬 장르의 곡이라는 느낌이 전혀 없었다. 데모곡치곤 퀄리티도 훌륭했다. 연습생들이 그 어느 때보다도 곡에 열중하고 있었다.

"너희 둘 다 자신 없다며?"

블루마운틴이 현우와 오승석을 채근했다. 가끔 안부차 통화를 하면 앓는 소리를 하던 현우와 오승석이었다.

"그랬나?"

현우는 픽 웃기만 했다.

상황을 지켜보던 이명훈은 점점 불안해지기 시작했다.

'언제 이 자식이 작곡까지 배웠지?'

연습생들의 반응도 심상치 않았다. 물어보려 해도 자존심이 용납하지 않았다.

"승석아, 너 작곡은 크게 자신 없다며?"

다행히도 블루마운틴이 이명훈의 궁금증을 풀어주고 있었다. 오승석이 안경을 고쳐 쓰며 입을 열었다.

"정호 형님한테 꾸준히 배웠지. 예전에 스튜디오에 있을 때보다 정호 형님한테 몇 달 배우는 게 훨씬 낫더라고. 음악적으로도 많이 배웠고."

오승석이 종로연가와 종로의 봄을 작곡한 김정호를 언급했다. 이명훈의 얼굴이 새빨개졌다.

자신을 겨냥해서 하고 있는 말이었다. 작곡가 최정민이 한심하다는 얼굴로 이명훈을 슬쩍 쳐다보다 말았다.

오승석이 작곡한 걸리쉬 데모곡이 끝나자 연습생들이 아쉬운 소리들을 내뱉었다.

현우는 자랑스러운 얼굴로 오승석의 어깨를 다독였다. 블루마운틴이나 제이슨 리 같은 유명 작곡가들도 오승석을 인정해 주는 분위기였다.

"곡 진짜 잘 뽑았는데?"

대선배인 최정민조차 오승석을 칭찬했다.

반면 이명훈은 혼자 똥 씹은 얼굴을 하고 있었다.

데모곡들을 모두 들어본 연습생들은 서로 의견을 주고받기 시작했다. 그리고 이번에는 김민수가 강당으로 나타났다.

"어때? 제작진이 곡들 기가 막히게 만들어왔지? 마음에 들어?"

"네!"

연습생들이 소리쳤다. 김민수가 고개를 끄덕이며 여섯 개의 무대를 가리켰다.

"자, 그럼 이제 너희들이 직접 부르고 싶은 곡을 선택할 시간이 다가왔구나. 그렇다고 해서 무작정 부르고 싶은 곡을 선택할 수 있는 건 아니지만, 일단 너희들이 한번 골라봐."

아이들이 여섯 개의 무대를 향해 걸음을 옮기기 시작했다. 대기실 화면으로 연습생들을 지켜보고 있던 작곡가들이 긴장을 머금었다.

네임밸류를 숨긴 채 철저하게 익명으로 공개된 데모곡이었다. 결과는 오로지 연습생들의 선택에 달려 있었다.

"……."

오승석이 긴장감에 입술을 깨물었다. 현우도 긴장이 되기는 마찬가지였다.

데모곡이 공개되었을 때의 반응은 나쁘지 않았지만 이명훈의 데모곡도 반응은 매우 좋았다.

연습생들이 하나둘 무대로 올라섰다. 블루마운틴이 작곡한 일렉트로니카 쪽과 이명훈이 작곡한 걸크러쉬 쪽으로 가장 많은 연습생이 몰려들었다.

그런데 이상하게도 걸리쉬 쪽에는 연습생 몇 명이 서 있는 것이 전부였다.

'뭐지?'

현우가 고개를 갸웃했다. 솔직히 현우는 오승석의 데모곡이 가장 마음에 들었다. 게다가 소녀다움이 물씬 풍기는 곡이었다. '프로듀스 아이돌 121'과 가장 어울리는 곡이라고 할 수 있었다.

"그러니까 작곡은 아무나 하는 줄 알아? 오승석이 네가 내 밑에서 조금만 더 참고 배웠으면 또 모르겠다만, 참을성이 너무 부족했어."

이명훈이 득의양양해 기세를 올렸다. 그런데 갑자기 대기실 분위기가 급변했다.

무대로 올라가지 않고 고민하고 있던 연습생들이 걸리쉬 쪽으로 우르르 몰려들었다. 심지어 걸크러쉬 쪽에 서 있던 연습생들도 뒤늦게 걸리쉬 쪽으로 합류하고 있었다.

66명의 연습생 중 무려 23명이 걸리쉬 장르를 선택했다. 3분의 1이나 되는 연습생이 오승석의 데모곡을 선택한 것이다.

"승석아, 너 대박 터졌는데?"

"축하합니다, 승석 씨."

블루마운틴과 제이슨 리가 축하 인사를 건넸다. 도저히 믿기지가 않아 오승석은 멍하니 화면만 보고 있었다. 현우가 오승석의 어깨를 짚었다.

"축하한다! 예선에선 너의 완승이다, 승석아!"

현우는 일부러 큰 목소리로 말했다. 이명훈의 얼굴에 균열이 갔다.

걸크러쉬 무대 위에는 열한 명의 연습생이 올라가 있었다. 적지 않은 숫자였지만 오승석의 반도 되지 않는 숫자이기도 했다.

이명훈이 조용히 대기실 밖으로 사라졌다. 현우가 그 모습에 피식 웃으며 말했다.

"승석아, 조만간 우리 사과받을 거 같다."

연습생들이 곡 선택을 모두 마쳤다. 김민수가 다시 마이크를 잡았다.

"좋아, 그럼 너희들이 선택한 곡을 만든 작곡가 선생님들을 모셔볼까?"

"네!"

강당으로 작곡가들이 나타났다. 블루마운틴이나 제이슨 리 같은 유명 신인 작곡가들을 알아보고 연습생들이 환호성을 내질렀다. 김민수가 이명훈과 최정민을 소개하고 그들의 커리어를 나열하자 연습생들이 또 크게 놀랐다.

그리고 오승석의 차례가 다가왔다.

"여기 이분은 어울림 엔터테인먼트 소속의 신인 작곡가 오승석 선생님이야. 송 대표의 데뷔 앨범을 프로듀싱한 분이지."

김민수가 오승석을 소개했다.

"자, 그럼 작곡가 선생님들이 어떤 곡을 만들었는지 확인해 보자!"

한 명씩 데모곡들의 주인이 밝혀졌다. 걸리쉬 장르의 데모곡을 작곡한 사람이 오승석이라는 사실도 밝혀졌다.

연습생들이 오승석을 보며 수군거리기 시작했다. 신인 작곡가라는 오승석이 걸리쉬 장르의 데모곡을 작곡했으리라고는 전혀 생각하지 못했기 때문이다.

대기실에서 화면으로 이를 지켜보고 있던 현우는 연습생들이 과연 어떤 결정을 내릴지 궁금했다.

데모곡 자체만으로 결정을 내릴 것인지, 아니면 작곡가들의 명성과 경력을 보고 결정을 내릴지가 관건이었다.

"음, 아쉽지만 작곡가 선생님들은 여기서 그만 돌아가 주셔야 할 것 같습니다. 아시죠? 저희 방송, 보안 철저한 거? 하하!"

김민수의 말에 작곡가들이 스태프들을 따라 강당을 벗어

났다.

한류 트레이닝 센터의 입구. 현우가 오승석을 기다리고 있다. 현우는 얼른 오승석에게 우산을 건네주었다.

"오늘 정말 수고 많았어."

"수고는 무슨, 아직 결과가 나오지도 않았는데, 뭐."

현우는 대번에 오승석의 상태를 파악했다. 연습생들의 최종 결정을 확인하지 못하고 나왔기 때문에 오승석이 불안해하고 있었다.

"걱정하지 마. 네 곡을 선택하지 않는다면 그건 귀가 잘못된 거야."

"현우 말이 맞아. 나도 너한테 많이 놀랐어. 신스팝 장르를 꼬아서 걸리쉬곡을 뽑아 올 줄은 생각도 못 했다니까. 잘하면 음원 차트에서 내가 너한테 질 수도 있겠다."

블루마운틴까지 오승석을 격려해 주었다. 옆에서 가만히 듣고 있던 이명훈이 콧방귀를 뀌었다.

"데모곡 하나 잘 뽑았다고 너무 기고만장해하지 마라. 곡은 완성도가 제일 중요한 거야. 한때 네 스승으로서 말하는 거다, 오승석."

이명훈이 고급 외제차를 타고 먼저 한류 트레이닝 센터를 벗어났다. 최정민이 현우와 오승석 쪽으로 다가왔다.

"김 대표님, 너무 신경 쓰지 말아요. 저 자식 저거 사실 속으로는 엄청 겁먹고 있을 겁니다. 그리고 승석 씨도 곡 정말 잘 만들어왔어요. 수고했어요."

"오늘 여러모로 신경 써주셔서 정말 감사합니다."

"감사합니다, 선배님."

현우와 오승석이 정중하게 고개를 숙여 보였다. 최정민이 빙긋 웃었다.

"감사하면 나중에 내 곡 좀 비싸게 사줘요."

"하하, 물론이죠. 조만간 연락드리겠습니다."

* * *

일요일 저녁. 현우와 식구들은 '프로듀스 아이돌 121' 6회 차 방송이 시작되기만을 기다리고 있었다.

5회 차에서 프아돌은 이지수의 폭력 루머를 정면 돌파했을 뿐만 아니라 시청률 17%를 기록하는 데 성공했다.

반면 'K─POP! 슈퍼 아이돌!'은 폭력 동영상의 원본이 공개되면서 엄청난 타격을 받았다.

프로그램을 이끌어가던 S&H 소속 연습생들이 이리나를 포함해 모두 하차해 버렸다. 제작진은 공식적으로 사과문을 게시하기도 했다.

심지어 이장호 회장이 직접 머리를 숙여 시청자들에게 사과했다. 하지만 시청자들의 원성은 좀처럼 잦아들지를 않았다.

'프로듀스 아이돌 121'은 경쟁 프로그램을 완전히 따돌리기는 했지만 시청률 20%를 목전에 두고 있는 상황이었고, 제작진도 6회 차 방송에 심혈을 기울인 상태였다.

"방송 시작했어요!"

김은정이 뜯고 있던 닭다리로 TV를 가리켰다.

프아돌 6회 차의 첫 장면은 제작진 회의실에서 시작되었다. 회의실로 작곡가들이 하나둘 모습을 드러내었다. 자막으로 작곡가들에 대한 설명이 흘러나왔다. 그리고 오승석이 마지막으로 소개되었다.

"승석이 오빠다! 와! 화면발 잘 받네? 그렇죠, 태명 오빠?"

"진짜 그런데?"

김은정과 손태명의 말에 오승석이 머리를 긁적였다.

이어서 이승훈 피디가 여섯 개 장르의 곡들을 설명하고 작곡가들에게 선택권을 주었다.

하지만 제작진은 누가 어느 장르의 곡을 가져갔는지 시청자들에게도 공개하지 않고 있었다.

프아돌 공식 홈페이지 게시판에도 팬들의 실시간 반응이 주르륵 올라오고 있었다.

7109 제작진이 작정하고 작곡가들 섭외함. 근데 오승석 작곡

가는 처음 보는데? 누구임?

─송지유 데뷔 앨범 프로듀서 ㅇㅇ

─프로듀서가 작곡도 함? 난 잘 몰라서 물어봄.

─작곡가 중에 프로듀싱까지 다 하는 사람들도 있어요.

7112 신인 작곡가 상대가 블루마운틴에 제이슨 리에다가 이명 훈에. ㅋㅋㅋㅋ

─그래서 힘들 거 같음.

─ㅇㅇ그럴 거 같음.

7118 니들, 저 작곡가가 어울림 소속이라는 거 잊지 마라. 김현 우 대표가 일 대충 하는 거 봤냐? 치밀한 인간임, 그 사람. ㅋㅋ 저 오승석이라는 작곡가도 일낼 수 있음. 충분히. ㅋㅋ

─그러면 ㄹㅇ 소름인데. ㅋㅋ

"내가 그렇게 치밀한 인간이었나?"

현우가 캔 맥주를 홀짝이며 중얼거렸다.

"몰랐냐?"

그 옆에서 손태명이 캔 맥주를 따며 말을 보탰다. 현우가 어깨를 으쓱했다.

아직까지는 오승석에 대한 관심이 적었지만 현우는 자신이 있었다.

연습생들의 트레이닝 과정과 소소한 개인 관찰 카메라가

방송되었다. 화면이 바뀌고 연습생들이 강당으로 모였다. 여섯 개 장르의 데모곡들이 강당으로 흘러나오기 시작했다. 화면 속 연습생뿐만 아니라 프아돌 공식 게시판도 익명 아래 공개된 데모곡들을 두고 말들이 많았다.

7204 익명으로 공개하다니 제작진 진짜 머리 좋네. ㅋㅋ 이러면 오승석 곡이 어느 곡인지 아무도 모르잖아. ㅋㅋㅋㅋ
 ─제작진, 진짜 끝까지 대충 하지를 않는 듯. ㅋㅋ
 ─과연 누가 오승석이 만든 폭탄을 떠안게 될 것인가? ㅋ
 7208 일렉트로니카는 일단 블루마운틴 같음. 곡 수준이 다름.
 ─ㅇㅇ힙합 댄스도 제이슨 리 느낌임.

다섯 번째로 이명훈의 걸크러쉬곡이 강당으로 흘러나왔다. 파워풀하고 강력한 사운드가 강당 천장을 두드렸다. 그리고 마지막으로 오승석의 걸리쉬곡이 강당에 울려 퍼졌다. 데모곡 소개가 모두 끝나고 프아돌 공식 게시판은 공황 상태에 빠져 있었다.

7226 ㅋㅋㅋㅋㅋ 뭐 하나 구멍이 없는데?
 ─오승석, 실력은 있나 보네. ㅋㅋ 하긴 어울림 소속인데.

강당으로 작곡가들이 걸어나왔다. 그리고 김민수가 한 명씩 데모곡의 주인을 소개했다. 마지막에 소개된 걸리쉬 데모곡의 작곡가가 오승석이라는 것이 밝혀졌다. 카메라가 연습생들의 다양한 표정을 담았다.

"승석아, 빨리!"

현우가 오승석을 불렀다. 오승석이 급히 현우와 함께 노트북 화면을 들여다보았다.

7269 개소름. ㅋㅋ 걸리쉬가 오승석이 작곡한 거래. ㅋㅋㅋ

—진짜 미쳤다. ㅋㅋ

—그러니까 내가 아까 오승석이 송지유 데뷔 앨범 프로듀서라고 했잖아. ㅋㅋ

—데모곡만 들어도 빠져든다. 김현우 대표는 어디서 저런 사람들만 데리고 오는 거임? 송지유에 고양이 소녀에 종로의 봄 작곡가도 그렇고, 이젠 프로듀서까지 장난 아니네?

—미래에서 온 거 아님? ㅎㅎ

7287 이러다 오승석이 블루마운틴이 이기는 거 아님?

—설마. ㅋㅋㅋ 요즘 가장 잘나가는 작곡가가 블루마운틴임. 설레발. ——

—난 가능성 있다고 봄. 곡이 엄청 잘 나온 듯. 살짝 종로의 봄 느낌도 남.

―나도 그 생각 했는데 확실히 비슷한 느낌이 있음.

프아돌 공식 게시판은 오승석 때문에 난리가 났다. 현우가 씩 웃었다.

"밥값은 이제 하겠네. 그러니까 다시는 밥값 못 한다는 말은 하지 마. 알겠냐?"

오승석이 고개를 끄덕거리며 노트북에서 눈을 뗄 줄을 몰랐다. 지금까지 항상 스포트라이트에서 한발 물러서 있던 그다.

프아돌 공식 게시판도, 그리고 포털 사이트 기사들의 댓글에도 오승석이라는 이름이 수없이 올라와 있었다.

"축하한다, 승석아."

김정호가 빙긋 웃으며 말했다.

"축하해요, 승석 씨. 해낼 줄 알았어요."

추향도 따뜻한 미소를 지으며 오승석을 격려했다.

그사이 탈락자 선정이 이루어졌다. 보안상의 문제로 촬영장을 나와야 했기에 현우도 1등부터 19등까지의 등수를 알지 못했다.

시종일관 웃고 있던 현우도 조금은 분위기가 진지해졌다. 회 차가 중반부에 접어든 이상 처음으로 발표되는 이 등수가 고정 등수가 될 확률이 매우 높았다.

화면 속 송지유도 평소답지 않게 긴장하고 있었다.

스크린으로 등수가 하나둘 떠올랐다. 18등은 F등급이었다가 C등급으로 올라간 개인 연습생 김세희가 차지했다. 그리고 베트남에서 온 프랑스 혼혈 하잉은 무려 15등을 기록했다. 파인애플 뮤직의 차보미가 데뷔 등수인 6등을 차지했다.

"뭐야? 우리 애들은 왜 없어?"

손태명이 조급해하다 눈을 크게 떴다.

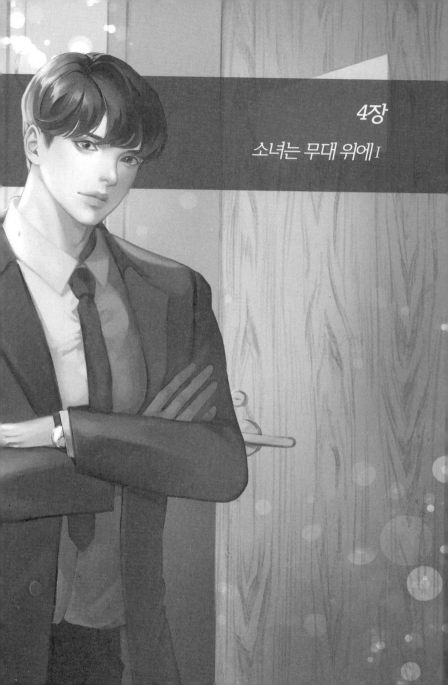

4장

소녀는 무대 위에 I

"지연이다!"

유지연이 5등을 기록했다. 뒤이어 김수정이 4등을 차지했고, 5회 차에서 엄청난 주목을 받은 이지수는 무려 3등을 차지했다. 이제 남은 등수는 1등과 2등, 그리고 19등으로 단 세 개의 등수뿐이었다. 그리고 호명되지 않은 연습생은 서아라와 이솔, 그리고 배하나뿐이었다.

'설마?'

현우는 점점 불안해지기 시작했다. 이솔 때문이다. 엄청난 화제를 몰고 다니는 만큼 이솔은 안티 또한 만만치 않게 많았다. 무대 공포증 때문에 가면을 쓰고 무대에 오르면서 방송 분량까지 많다는 점 때문에 아직까지도 이솔을 싫어하는 사람들이 제법 있었다. 완전하게 마음을 놓을 수가 없는 상황이었다.

화면 속 송지유가 서서히 입을 떼었다.
"2등은 배하나 연습생이에요. 축하합니다."
배하나가 환하게 미소를 지으며 헤헤 웃었다.

현우가 고개를 끄덕거렸다. 지난 몇 달간 피나는 운동으로 무려 7kg을 감량한 배하나였다. 어디 그뿐인가. 비교적 부족한 실력을 메꾸기 위해 추향에게 따로 보컬 트레이닝까지 받은 배하나였다. 피나는 노력의 결과였다.
"잘하면 1등을 서아라한테 뺏길 수도 있겠는데?"
손태명이 불안한 얼굴을 했다. 현우와 마찬가지로 손태명도 이솔이 떠안고 있는 약점을 잘 알고 있었다.
"초반에 솔이가 논란이 많았잖아. 첫 회가 방송되고 나서는 말할 것도 없고 2회 때도 방송이 끝나기 전까지는 솔이한테 여론이 좋지 않았어."
"그렇긴 하지."
손태명의 말은 틀린 말이 아니었다. 초반 페널티를 고려하면 19등이라는 등수는 어쩌면 이솔의 차지가 될 수도 있었다.

또 서아라의 기세도 만만치가 않았다. 탁월한 비주얼 덕도 있었지만 플래시즈 엔터는 서아라를 띄우기 위해 총력을 기울이고 있었다. 하루가 멀다 하고 서아라와 관련된 기사들이 올라왔다. WE TUBE에서도 서아라의 연습 동영상이 큰 인기를 얻고 있었다.

'어쩌면 태명이 말처럼 서아라가 1등을 할 수도 있겠어.'

하지만 현우는 마음을 가볍게 먹기로 했다.

이제 남은 등수는 1등과 19등뿐이다.

스튜디오 스크린으로 19등을 기록한 연습생의 얼굴이 떠올랐다. 그리고 어울림 사무실에서 환호성이 터져 나왔다.

"솔이가 1등이었구나."

현우는 안도의 한숨을 내쉬었다. 카메라가 1등을 차지한 이솔을 비췄다. 이솔은 믿기지 않는다는 얼굴을 하고 있었다. 고양이 소녀들과 다른 연습생들이 이솔을 축하해 주었다.

카메라가 이솔을 지나 서아라를 잡아주었다. 자존심이 강한 서아라가 크게 동요하고 있었다.

"언플을 그렇게 하더니 결국 이렇게 되나? 조금 안타까운데?"

손태명이 말했다.

플래시즈 엔터의 대대적인 언플은 역효과를 낳고 말았다.

서아라는 F등급이던 개인 연습생 김세희와 베트남 출신 연습생 하잉보다도 오히려 등수가 낮았다.

"서아라 저 아이, 괜찮을까?"

"아니, 괜찮지 않을걸. 한눈에 봐도 멘탈에 금이 간 거 같은데?"

소속사 연습생은 아니지만 현우는 서아라가 안타까웠다. 지금쯤 프아돌 공식 게시판이나 여러 커뮤니티에서 서아라를 두고 온갖 말이 쏟아지고 있을 것이 분명했다.

현우와 손태명이 대화를 나누는 사이, 다시 화면이 바뀌었다. 여섯 개의 무대 위로 연습생들이 올라가 있다. 특히 오승석의 걸리쉬곡으로 3분의 1이나 되는 연습생이 몰려 있었다.

"이제부터가 진짜야."

보안을 위해 촬영장을 떠나야 했다. 현우조차도 어느 연습생이 어느 곡을 부르게 되었는지는 알지 못했다.

"오승석 작곡가님 인기가 왜 이렇게 좋아? 근데 너희들, 한 가지 잊고 있는 게 있어. 너희들이 곡을 선택했다고 해서 모두 그 곡을 부를 수 있는 건 아니야. 잘 알고 있지?"

연습생들이 일제히 아쉬움을 토해냈다.

김민수가 허허 웃었다.

"자자, 진정들 하고, 1등부터 6등을 차지한 연습생 친구들은 앞으로 나와봐."

1등 이슬과 2등 배하나, 3등 이지수, 그리고 4등을 차지한 김수정과 5등을 차지한 유지연이 무대에서 내려왔다. 6등을 차지한 차보미도 무대 아래로 내려왔다.

"이슬 연습생부터 곡을 선택할 수 있는 권한이 있어. 이슬 연습생은 어떤 곡이 가장 마음에 들어? 직접 골라볼래?"

"저는 오승석 작곡가님의 걸리쉬곡을 선택하겠습니다."

이슬이 오승석의 걸리쉬곡을 선택했다.

"후우, 다행이다."

오승석이 안도의 한숨을 내쉬었다.

그리고 2등 배하나가 블루마운틴의 일렉트로니카를 선택했다. 3등 이지수는 제이슨 리의 힙합 댄스를 선택했다. 4등 김수정은 유지오의 큐티를 선택했고, 5등 유지연은 최정민의 섹시를 선택하는 파격적인 행보를 선보였다.

현장 반응이 좋았던 이명훈의 걸크러쉬는 가장 마지막으로 6등을 차지한 차보미에게 돌아갔다.

"걸크러쉬 쪽이 생각보다 인기가 없네요?"

김은정이 현우에게 물었다.

"아무래도 자칫 세 보일 수 있는 걸크러쉬는 기피하는 거지. 안무도 어려울 거고 말이야."

"하긴 저 같아도 그럴 거 같기는 해요."

1등부터 6등을 차지한 연습생들이 곡 선택을 마쳤다. 이제 각각 10명의 연습생들을 뽑아야 했다.

"저는 유은 연습생을 뽑겠습니다."

이솔이 대뜸 사바나의 유은을 언급했다.

"뭐야? 유은을 뽑았다고? A등급 연습생들 다 제쳐두고?"

손태명이 의아해했다. 현우도 이솔의 선택이 조금은 의외라는 생각이 들었다. 이번 오리지널곡 경연이 얼마나 중요한지 이솔이 모를 리가 없었다.

"전유지 연습생을 뽑겠습니다."

이솔이 프리즘의 멤버인 전유지를 뽑았다. 그다음에는 양시시를 선택했고, 개인 연습생 김세희와 베트남에서 온 하잉까지 뽑아버렸다. 또 C등급 연습생 한 명과 F등급 연습생 두 명을 선택했다.

"마지막으로 서아라 연습생을 뽑겠습니다."

잔뜩 기가 죽어 있던 서아라가 눈을 크게 뜨고 이솔을 쳐다보았다. 다른 연습생들도 적잖이 놀란 눈치이다.

프아돌 공식 게시판도 덩달아 난리가 났다.

7406 이솔, 왜 저러는 거야? A등급 연습생들 다 제쳐두고 F등급 반에 있던 애들만 다 데리고 가네? 심지어 서아라는 왜 뽑아? 서아라, 프아돌 내에서 완전 따로 놀던데? 대체 뭐지? 누가 설명 좀 해봐.

ㅡ솔부기가 마음이 약해서 안 뽑힐 애들 다 뽑아준 듯. ㅇㅇ

ㅡ서아라 멘탈 날아가서 챙겨주는 거 같은데? 둘이 친했나?

7411 서아라, 완전 아웃사이더 아니었음? 이솔이 착하긴 한 거 같은데 이번에는 선택을 잘못한 거 같음. 전유지랑 양시시 같은 애들은 춤이랑 노래도 A등급 연습생들보다 훨씬 달림.

ㅡ하, 솔부기가 내 고정 픽인데 걱정되네. F등급 애들 실력 진짜 뻔해. ㅜㅜ

ㅡㅇㅇ그러니까. 김세희랑 하잉은 그렇다 쳐도 전유지랑 양시시는 어쩔 건데?

7420 오승석 작곡가는 미치고 팔짝 뛸 지경이겠네. F등급들, 안무며 노래며 일주일 안에 절대 숙지 못함. ㅋㅋㅋㅋㅋㅋㅋㅋㅋ

"승석아, 괜찮겠어?"

현우가 오승석을 살폈다. 작곡가인 오승석의 입장에서는 상황이 그다지 좋은 것이 아니었다.

"이솔과 외인구단이래요. 이거 웃어야 하는 거예요, 아니면 울어야 하는 거예요?"

노트북으로 커뮤니티를 들여다보던 김은정의 표정이 울상이 되었다.

*   *   *

"대표님, 저희 왔습니다!"

코인 엔터의 백동원 팀장과 사바나의 매니저이던 최영진이 월요일 오전부터 어울림을 찾아왔다.

"아침부터 무슨 일이세요? 아직 아이들 오려면 시간이 좀 남았습니다."

"하하! 대표님한테 너무 감사해서 아침부터 달려온 거죠. 정말 감사합니다. 우리 유지가 24등을 하고 시시가 28등을 하리라고는 정말 꿈에도 생각 못 했습니다!"

"우리 유은이도 29등입니다! 감사합니다, 대표님!"

백동원과 최영진이 현우에게 감사의 마음을 전했다. 현우가 고개를 저었다.

"아이들이 최선을 다한 결과죠. 감사 인사는 제가 아니라 아이들한테 직접 하셔야 할 거 같습니다."

"아닙니다! 대표님이 저희에게 기회를 주지 않았더라면 이런 결과도 없었을 겁니다."

"영진 씨 말이 맞습니다. 사실 저희가 발굴 뉴 스타 때 대표님께 한 짓도 있는데, 정말 죄송하고 감사할 따름입니다."

백동원과 최영진의 연이은 인사에 현우는 괜스레 민망했다.

현우는 두 사람과 백반 가게에서 아침을 먹었다. 낮 12시가 되자 플래시즈 엔터의 이기혁 실장이 어울림에 나타났다.

'마음고생을 꽤나 한 모양이네.'

이기혁의 얼굴이 제법 상해 있었다. 현우는 이기혁과 간단히 인사를 주고받았다. 뒤이어 릴리가 열한 명의 아이들을 데리고 어울림을 찾았다.

"대표님!"

현우를 발견한 이솔이 다다다 달려와 품에 안겨들었다. 모두의 시선이 현우와 이솔을 향했다. 쏟아지는 시선에 현우가 이솔을 떼어내었다.

"1등 축하한다, 솔아."

"네! 저 약속 지켰어요!"

이솔은 많이 상기되어 있었다.

현우는 다른 열 명의 연습생들을 살펴보았다. 멤버 구성원들이 어떤 의미로 보면 정말 만만하지가 않았다. 심지어 서아라는 연습생들과 동떨어져 있는 게 확 티가 났다.

'승석이가 고생 좀 하겠는데.'

벌써부터 오승석이 걱정되었다.

"오랜만이네요, 김 대표님."

"잘 오셨습니다, 릴리 씨."

"작곡가 선생님은요?"

때마침 3층 계단으로 오승석이 모습을 보였다.

"안녕하세요, 작곡가 선생님?"

미리 말을 맞췄는지 이솔과 연습생들이 오승석을 향해 90도로 인사했다.

"릴리입니다. 초면이네요. 반가워요."

"아, 네. 오승석입니다. 영광입니다, 릴리 씨."

작곡가와 안무가가 서로 악수를 나누었다.

"어떻게 할래? 바로 녹음실로 애들 데리고 갈 거야?"

현우의 물음에 오승석이 고개를 끄덕였다.

"그래야 할 거 같아. 시간이 별로 없거든."

"얘들아, 작곡가 선생님이 그렇다는데?"

현우가 연습생들을 향해 장난스럽게 말했다. 첫 녹음 일정에 연습생들이 잔뜩 겁을 먹고 있었다. 현우의 농담에도 좀처럼 표정들이 좋지 않았다.

"저, 대표님?"

"네, 말씀하세요, 실장님."

"아라랑 잠시 이야기 좀 하겠습니다."

"알겠습니다."

이기혁이 서아라를 쳐다보았다. 구석에 서 있던 서아라의 눈동자가 흔들렸다.

2층 녹음실에서 곧바로 녹음 작업이 시작되었다. 1세대 걸그룹 출신인 릴리조차도 어울림의 녹음실을 보고 상당히 놀라워했다.

"대표님은 회사에 아낌없이 투자를 하시는 편인가 보네요?"

"네, 당연하죠. 가수 기획사인데 녹음실이 전부 아닙니까?"

"봉고차가 워낙 인상적이라 기대를 별로 안 했거든요. 이번 우리 아이들 녹음도 걱정을 좀 했어요."

릴리가 입을 가리며 웃어 보였다. 현우가 쓰게 웃었다. 중소 기획사들도 국산 밴을 끌고 다녔다. 반면 어울림은 아직까지도 초록색 봉고차가 이동 수단의 전부였다.

"조만간 밴을 한 대 구입할까 하는데 지유가 봉고차를 고집해서요."

"정말이에요?"

"네. 봉고차 좌석에 머리만 기대면 잠이 듭니다."

"지유가 그런 면이 있는 줄은 몰랐어요. 뭔가 저처럼 까탈맞게 생기긴 했잖아요."

"릴리 씨도 몇 번 보니까 털털하신 편 같은데요?"

"호호, 그렇긴 하죠."

현우와 릴리가 담소를 나누는 사이 오승석은 녹음실 부스 안에서 연습생들의 음색과 음역대 등을 일일이 체크했다. 고양이 소녀들 중에서도 메인 보컬급인 이솔과 달리 다른 연습생들은 정말로 처참한 수준이었다.

　　기본적인 음정 자체도 불안했다. 특히 프리즘의 전유지와 양시시는 거의 일반인 수준에 가까웠다. 베트남에서 온 하잉은 어쩔 수 없이 발음이 부정확했다. 그나마 사바나의 유은과 개인 연습생 김세희가 돋보이는 음색을 가지고 있었다.

　　"후우."

　　오승석이 자기도 모르게 한숨을 내쉬었다. 눈치를 보고 있던 연습생들이 풀이 죽어 고개를 숙였다.

　　순간 오승석은 아차 싶었다. 녹음 시작도 전에 연습생들의 기를 죽일 수는 없었다.

　　"간단하게 너희들의 기초적인 상태를 파악한 거야. 그리고 한숨을 쉰 건 내가 요즘 잠을 통 못 자서 그런 거니까 신경 쓰지 말고, 일단 완성된 노래를 들어볼래?"

　　분위기 환기 차원에서 오승석은 완성된 곡을 재생시켰다. 오승석의 곡이 녹음실 부스를 가득 채웠다.

　　데모곡에 비해 완성된 곡은 사운드가 더 빈틈없이 채워져 있었다. 특히 처음 데모곡보다 조금 더 소녀 같은 느낌이 물씬 풍겼다.

"어때? 마음에 들어?"

"네! 진짜 너무 마음에 들어요!"

이솔이 환하게 웃으며 말했다. 풀이 죽어 있던 다른 연습생들도 완성된 곡의 퀄리티에 감명을 받은 눈치였다.

'동기 부여는 어느 정도 된 거 같다.'

일단 녹음을 마쳐야 릴리가 안무를 짤 수 있었다.

"녹음 들어가기 전에 가이드곡부터 들어보자."

이번에는 가이드 버전의 곡을 재생시켰다.

"어?!"

이솔이 눈을 동그랗게 뜨며 놀랐다. 다른 연습생들도 마찬가지였다.

아련하고 청아한 송지유의 음색이 녹음실로 스며들기 시작했다.

"완전 대박! 송지유 선배님이셔!"

전유지의 볼이 발갛게 상기되었다. 유은이 전유지의 입술에 가만히 손가락을 가져다 대었다.

"잘 들어봐."

오승석의 말에 이솔과 연습생들이 송지유의 가이드곡에 귀를 기울였다.

무대에 올라 우린 서로를 바라봐

우린 이 공간 속에서 함께 존재해
그런데 지금 나는 혼자 걷고 있어
지금 우린 어디에 있을까?

청아하고 아련한 목소리가 오승석의 걸리쉬곡과 너무나 잘 어울렸다.

가끔 나는 생각해
우리 다시 노래 부를 수 있을까?
가끔 나는 생각해
우리 다시 무대에 설 수 있을까?

송지유만의 아련한 감성에 모두가 숨을 죽였다. 그리고 잔잔한 허밍과 함께 곡이 끝이 났다.

오승석은 재생을 멈추고 연습생들의 반응을 살폈다. 전유지처럼 여운에 젖어 있는 연습생도 있었고, 송지유의 가이드곡을 듣고 걱정에 잠긴 연습생도 있었다.

'지유가 불렀으니까 그럴 만도 하지.'

이솔을 슥 살펴보았다. 갈색 눈동자에 많은 생각이 엿보였다. 오승석은 내심 메인 보컬로 이솔을 염두에 두고 있었다. 기본적으로 송지유와 음역대가 비슷했다. 또 맑으면서도 허스

키한 이솔의 목소리가 신스팝 장르인 이 곡에 제격이라는 생각이 들었다.

"파트를 분배해야 할 거 같은데, 메인 보컬 하고 싶은 사람 있어?"

녹음실 부스에 들어와 있던 VJ 두 명이 황급히 카메라로 연습생들을 담았다.

"…없는 거지?"

오승석이 머리를 긁적였다. VJ들이 촬영하고 있는데 함부로 이솔을 메인 보컬로 지정할 수도 없는 노릇이다. 분명 제 식구 챙기기로 말이 나올 수 있었다.

녹음실 부스로 침묵이 내려앉았다. 그러다 전유지가 손을 들었다.

"저어… 저는 솔이 언니를 메인 보컬로 추천합니다!"

"저, 저도요!"

양시시까지 이솔을 메인 보컬로 추천했다.

"솔이가 했으면 좋겠어요."

가장 연장자인 유은도 같은 생각을 하고 있었다.

"솔아, 어때? 네가 메인 보컬 파트 맡아볼래?"

"근데 아직 아라 언니가 안 왔어요."

그러고 보니 서아라가 없었다.

2층 녹음실에서 릴리와 대화를 나누고 있던 현우는 문득 계단 쪽에서 기척을 느꼈다. 이기혁 실장이 계단을 올라오고 있었다. 소태 씹은 표정을 하고 있던 이기혁이 현우에게로 다가왔다.

"대표님, 잠시만 녹음을 중단해야 할 것 같습니다."

현우가 소파에서 일어났다. 이기혁이 한숨을 푹 내쉬었다.

"무슨 일입니까?"

"아라한테 문제가 생겼습니다."

"문제요?"

대충 짚이는 부분이 있었지만 일단 이기혁의 말을 들어보기로 했다.

"예. 아라가 겁을 먹었어요. 도저히 촬영을 못 할 것 같답니다. 아무리 설득해도 소용이 없어요."

현우는 급히 VJ들을 살폈다. 사태의 심각성을 파악한 VJ들도 카메라를 내려놓고 있었다. 다행이었다.

"제가 아라랑 잠깐 이야기 좀 해봐도 되겠습니까?"

"대표님이요?"

잠시 고민하던 이기혁이 고개를 끄덕였다. 지푸라기라도 잡고 싶은 심정이다. 서아라가 끝까지 촬영을 거부하면 방송 사고도 문제지만 서아라가 한없이 추락할 수도 있었다.

어울림 건너편 공터 벤치에 서아라가 앉아 있었다. 앞으로 그늘이 졌다. 서아라가 고개를 들었다.

"우리 구면이지?"

"……."

"트레이닝 센터에서 나는 너를 몇 번 본 적이 있거든. 춤 정말 잘 추더라. 우리 지수랑 비교해도 되겠던데?"

"……."

서아라가 다시 푹 고개를 숙였다. 현우의 시선이 벤치에 놓인 핸드폰으로 향했다. 슬쩍 들여다보니 프아돌 공식 게시판이 보였다.

현우도 아침에 프아돌 공식 게시판과 포털 기사에 달린 댓글들을 확인했다. 커뮤니티도 마찬가지였다. 서아라를 두고 말들이 많았다.

—도도한 척, 센 척은 다 하더니 겨우 19등. ㅋㅋ

—너무 싸가지 없게 생겼음. 얼굴값 제대로 하는 듯.

—1회 때 건방지게 1등 자리에 앉더니. ㅉㅉ

—프아돌에서 왕따라는 소문 있음.

—JG에서 괜히 방출된 게 아니지.

이 정도면 차라리 평범한 편이었다. 지금 서아라는 어그로란 어그로는 죄다 끌어안고 있는 상황이었다. 연예인도 아닌

열아홉 살짜리 연습생이 떠안고 있는 과녁이 너무 크다는 생각이 들었다.

현우는 조용히 서아라의 옆에 앉았다. 캔 커피 하나를 따서 서아라에게 건넸다.

"체인점 커피도 좋은데 난 이 300원짜리 캔 커피가 부담도 안 되고 편하더라. 딱히 맛이 나쁜 것도 아냐. 그리고 지유도 캔 커피 진짜 좋아해."

"……."

"마셔봐. 이거 은근히 중독성 있다니까?"

서아라가 현우를 따라서 캔 커피를 마셨다. 두 사람은 말없이 캔 커피를 홀짝였다. 그러다 보니 어느새 캔 커피가 비워졌다.

"어때? 캔 커피도 괜찮지?"

"네……."

서아라가 작게 말했다. 현우가 옅게 웃었다.

"가끔 보면 사람들은 물건에 매겨져 있는 가격표만 보고 판단하는 경우가 많은 것 같더라. 근데 꼭 그렇지만은 않거든."

"……."

서아라가 손에 쥐고 있던 캔 커피를 만지작거렸다.

"아라야."

"네, 대표님."

"조금만 내려놓으면 어떨까?"

"⋯⋯."

서아라의 눈동자가 급격히 흔들렸다. 그리고 피가 날 듯 입술을 깨물었다. 잠시 침묵이 흘렀고, 서아라가 현우를 쳐다보았다.

"더 이상 어떻게 내려놓을까요? 저는 이제 더 내려놓을 것도 없어요. JG에서도 방출당했고 지금은 플래시즈까지 왔어요. 플래시즈가 배우 엔터인 거 아시잖아요? 프아돌이 저한테는 마지막 기회였어요. 그래서 절박했고 간절했어요. 그런데 시청자들 때문에 이렇게까지 되고 말았어요. 대표님은 지금 제 마음이 어떤지 모르실 거예요."

서아라의 절박한 심정이 느껴졌다. 덩달아 현우의 마음도 무거워졌다.

"저 프아돌에서 하차하고 싶어요. 저한테는 맞지 않는 거 같아요."

"남 탓 하지 마. 모든 건 다 네 탓이야."

그때 뒤쪽에서 송지유의 목소리가 들려왔다. 고개를 돌리자 송지유가 팔짱을 낀 채로 서아라를 쳐다보고 있었다. 김은정도 함께였다.

그리고 송지유의 차가운 말에 서아라의 몸이 굳었다.

"JG에서의 연습생 생활이 어땠는지는 모르겠어. 하지만 프아돌에서 네가 어떤 태도였고 어떤 생각을 하고 있었는지는 잘 알아. 너 한 번이라도 진심으로 노래해 본 적은 있니? 다른 연습생들처럼 발목을 다쳐가면서 춤 연습은 해본 적 있어?"

"……."

송지유가 독설을 쏟아내었다. 현우가 급히 일어났지만 한번 슥 눈길을 줄 뿐 송지유는 여전히 서아라를 보고 있었다.

"……."

서아라는 두 손을 떨고 있었다. 현우가 돌려 말하는 것을 선택했다면, 송지유는 대놓고 서아라의 아킬레스건을 건드리고 있었다.

"유지나 시시처럼 간절한 아이들을 보고도 네 스스로가 부끄럽지는 않니? 그 아이들은 춤도, 노래도 엉망이지만 그 누구보다도 열심히 노력하고 있어. 너는 어떤데?"

송지유의 돌직구에 서아라가 입도 뻥긋하지 못했다.

"프로그램을 하차할 생각이면 그렇게 해. 하지만 나는 네가 진심을 가지고 최선을 다해본 적이 있냐고 묻고 싶어."

공터로 싸늘한 침묵이 흘렀다.

"…죄송합니다. 혼자 생각 좀 해야 할 것 같아요."

결국 서아라가 벤치에서 일어나 어딘가로 사라져 버렸다.

공터에는 현우와 송지유, 김은정 이렇게 셋만 남았다. 현우가 한숨을 푹 내쉬었다.

"지유야, 꼭 그렇게까지 말을 해야 했어? 네가 말하는 게 뭔지는 알겠지만… 지금은 어떤 말에도 상처를 받을 수 있어."

"가수라는 직업을 돈벌이 수단으로만 생각한다면 19등이라는 등수조차도 아깝다고 생각해요. 그리고 내가 이렇게 말하지 않았더라도 언젠가 스스로 깨달았을 거예요. 아무리 재능이 있다고 해도 열정이 없고 노력을 하지 않는다면 언젠가는 이번 일보다 더 큰 어려움들을 겪게 될 거예요. 포기할 거면 차라리 지금 포기하는 게 낫다고 생각해요. 입에 발린 소리를 할 생각은 전혀 없어요."

송지유다웠다. 지금의 서아라에겐 송지유의 독설이 버거울 테지만, 틀린 말은 하나도 없다고 생각했다.

"결국 아라가 어떻게 받아들일지가 문제구나."

할 만큼 했다는 생각이 들었다. 이제 남은 건 서아라 본인의 결정이었다.

"들어가요. 곡 가이드 해줘야 해요."

"먼저 들어가 있어. 난 아라를 좀 기다려 볼게."

"알았어요."

송지유와 김은정을 보내고 현우는 벤치에 앉았다. 서아라가 놓고 간 캔 커피가 여전히 벤치 위에 머물러 있었다.

본격적으로 녹음 작업이 시작되었다. 첫 번째로 할 일은 역할 담당과 파트 분배였다. 오디션 프로그램인 만큼 역할이나 파트 분배에서 치열한 신경전이 오갈 것 같았지만, F등급부터 함께한 연습생들이다.

연습생들의 절대적인 지지에 힘입어 메인 보컬은 이솔로 결정이 났다.

서브 보컬 두 명은 김세희와 유은이 맡기로 했다.

"랩 파트는 누가 좋을까?"

오승석이 연습생들을 둘러보며 말했다. 선불리 나서는 연습생이 없었다. 오승석이 전유지를 쳐다보았다. 프리즘과 사바나의 음악 방송 무대 자료를 검토해 본 결과 그나마 전유지의 음색이 랩과 어울렸다.

"유지가 해보자."

"제, 제가요?"

전유지가 화들짝 놀랐다. 오승석이 고개를 끄덕거렸다.

"음방 자료들을 찾아봤는데 내 생각에는 유지 네가 어울릴 것 같다."

"으으."

전유지가 머리카락을 쥐어짰다. 망설이던 찰나 녹음실로 송지유가 들어왔다.

"안녕하세요, 선배님?"

아이들이 송지유를 반겼다. 송지유가 애정이 담긴 눈길로 아이들을 살폈다.

"승석 오빠, 파트 분배는 끝났어요?"

"응, 방금 끝났어. 한번 볼래?"

송지유가 종이를 살펴보았다.

"유지가 랩 파트를 맡아요?"

"네, 네! 어쩌다 보니 제가 할 거 같아요."

전유지의 목소리가 점점 작아져 갔다.

"자신감을 가지고 해. 알았지?"

"네, 그럼요!"

송지유의 손길이 전유지의 머리로 향했다. 전유지가 헤헤 웃으며 좋아서 어쩔 줄을 몰랐다.

"네가 가이드를 해줘야 하기는 하는데… 문제가 생겼어."

"아라를 말하는 거죠?"

"너도 알고 있구나? 아라를 본 거야?"

"현우 오빠랑 저랑 잠깐 이야기는 해봤어요."

"그럼 우리 아라는 어떻게 되는 겁니까? 다시 촬영한다고 했습니까?"

이기혁이 급히 대화에 끼어들었다. 송지유가 조용히 고개를 저었다.

"시간이 필요할 거 같아요, 실장님."

"하아, 이러면 안 되는데."

이기혁이 소파에 주저앉았다. 7회 차 오리지널곡의 경연이 코앞이다. 그리고 서아라 없이 더 이상의 촬영은 무리였다.

이기혁이 망설였다. 이제 파트 분배도 정해졌고 VJ들도 본격적으로 촬영에 들어가야 했다. 더 이상 시간을 끌 수는 없었다.

"아무래도 회사로 돌아가서 결정을 내려야 할 것 같습니다."

"실장님, 그 말은 아라를 하차시킬 수도 있다는 뜻인가요? 아니죠?"

"……."

"실장님, 이건 아니죠! 이럴 때일수록 우리가 아라를 붙들어줘야 하는 거 아닌가요? 혹시 소속 연습생들 때문에 그런 건가요? 아라 때문에 다른 아이들에게까지 피해가 갈까 봐서요?"

릴리가 반발을 했고 이기혁은 침묵했다. 사태를 지켜보고 있던 송지유가 조용히 입을 열었다.

"하차 문제는 아라가 스스로 결정하도록 해주세요. 부탁드릴게요."

"저도 부탁드릴게요, 실장님."

이솔도 송지유를 도왔다. 하지만 이기혁은 여전히 침묵을 고수할 뿐이었다.

인기척에 현우가 고개를 돌렸다. 서아라였다. 서아라가 쭈뼛쭈뼛 어색하게 서 있었다.

"왔구나?"

현우는 일부러 더 반갑게 서아라를 맞아주었다. 서아라가 현우의 옆으로 와서 앉았다.

"이거 드세요."

"음?"

캔 커피였다. 서아라가 캔 커피를 홀짝였다.

"저 조금만 내려놓을까 해요."

"잘 생각했다."

"주머니에 천 원밖에 없었는데 캔 커피를 세 개나 샀는데도 100원이 남았어요."

"하나는 지유 주려고?"

"네."

"지유가 한 말도 섭섭하게 생각하지는 마. 표현 방식이 나랑 다를 뿐이야."

"알아요. 그래서 캔 커피도 세 개 샀잖아요."

현우가 피식 웃었다. 자존심이 센 아이가 농담까지 곁들이고 있었다.

철컥.

녹음실 부스의 문이 열렸다. 현우의 뒤쪽으로 서아라가 보였다. 어색한 얼굴로 서 있는 서아라를 보고 모두가 크게 놀랐다. 특히 반쯤 포기하고 있던 이기혁이 벌떡 일어났다.

"아라야?!"

"실장님, 릴리 선생님, 작곡가 선생님, 죄송합니다."

서아라가 꾸벅 고개를 숙였다. 어느새 VJ들도 카메라를 들고 있었다. 서아라의 시선이 연습생들에게로 향했다. 녹음이 두 시간 넘게 지연되었지만 서아라를 탓하고 있는 아이들은 없었다.

별안간 서아라가 이솔을 와락 끌어안았다.

"미안."

평소 연습생들과 잘 어울리지 않던 서아라의 돌발 행동에 VJ들의 눈빛이 빛났다.

현우가 오승석의 옆에 놓여 있는 의자로 가 앉으며 말했다.

"내 밥값은 다 했으니까 이제 네 밥값만 하면 될 것 같다, 승석아."

이제는 오승석이 본인의 능력을 최대한 발휘할 차례였다.

*　　　　*　　　　*

현우는 3층 관계자 대기실에서 창밖을 내다보았다. 한류 트레이닝 센터의 입구로 팬들이 길게 줄을 서 있었다. 오늘 저녁 6시부터 방송되는 '프로듀스 아이돌 121'의 생방송 공연을 보기 위해 몰려든 팬들이다.

슥 손목시계를 확인했다. 오후 5시 40분. 이제 20분 후면 프아돌 7회 차가 방송된다. 그리고 6시 30분부터 8시까지 오리지널곡 경연 무대가 생방송으로 펼쳐진다.

철컥.

문이 열리고 손태명과 오승석이 들어왔다.

"승석이는 좀 어때?"

"보다시피 죽으려고 하는데?"

손태명이 오승석을 부축하며 말했다. 오승석의 꼴은 말이 아니었다. 오늘도 새벽까지 곡을 만지다가 위궤양이 도져 응급실을 다녀와야 했다.

현우도 손태명을 도와 오승석을 소파로 앉혔다.

"괜찮아?"

"아니. 아주 죽을 맛이야, 죽을 맛."

오승석의 말에 현우는 피식 웃을 뿐 별다른 말을 하지 않았다. 다른 사람들이 본다면 오디션 프로그램의 경연곡 하나를 만든 것 가지고 응급실까지 다녀온 게 유난스럽게 보일 수 있었다. 하지만 오승석의 입장에서는 이번 경연 무대가 작곡가로서의 첫 데뷔 무대나 마찬가지였다.

"잠깐 쉬고 있어. 애들 보러 다녀올게."

관계자 대기실을 나선 현우는 한류 트레이닝 센터에 설치된 특별 무대를 찾았다. 스태프들이 현우를 향해 인사를 해왔다.

"음, 괜찮네."

제작진이 공을 들여 제작한 특별 무대를 살펴보며 현우가 고개를 끄덕거렸다. 크기는 그리 크지 않았지만 충분히 화려하다는 생각이 들었다.

"현우 씨!"

이진이가 급히 다가왔다. 며칠째 밤을 새웠는지 이진이도 몰골이 퀭했다.

"오늘 생방 끝나면 좀 쉬셔야겠습니다, 작가님."

"그럴 생각이에요. 아이들 보러 온 거죠? 저랑 같이 가요."

이진이가 현우를 끌고 무대 뒤 대기실로 향했다.

대기실 문을 열고 들어가자마자 온갖 향기가 후각을 자극했다. 대기실 안으로 무대 의상을 갖추어 입은 연습생들이 한가득이다. 제작진과 각 기획사의 관계자들, 스타일리스트들이 분주하게 돌아다니며 연습생들을 살피고 있었다.

"오빠!"

별안간 김은정이 버럭 소리를 질렀다. 모든 사람의 시선이 현우에게로 쏟아졌다. 민망함에 현우가 머리를 긁적였다.

"안녕하세요, 대표님!"

연습생들의 인사가 쏟아졌다. 현우는 간단히 손인사만 하고 아이들에게로 다가갔다.

각자 다른 그룹 속해 있는 만큼 아이들의 의상도, 메이크업도 제각각이었다. 특히 섹시 퍼포먼스를 선택한 유지연이 파격적인 변신을 한 상태였다. 배꼽이 훤히 드러나는 등 제법 노출이 많았다. 메이크업도 화려하고 진했다.

"지연아, 너 못 알아볼 뻔했다."

"그렇죠? 저도 좀 놀랐어요. 괜찮아요? 지수랑 하나가 자꾸 놀려요."

"아얏!"

이지수와 배하나가 이마를 부여잡았다. 현우가 꿀밤을 날렸기 때문이다. 뭐라고 말을 하려는데 서아라가 다가왔다.

"대표님, 안녕하세요?"

"그래, 아라도 준비 다 했구나?"

"네. 밤에 잠도 잘 잤어요."

서아라가 이솔의 손을 잡으며 말했다. 녹음과 안무를 준비하며 이솔과 서아라는 많이 친해져 있었다. 늘 어둡던 서아라도 많이 밝아졌다. 확실히 부담감을 많이 내려놓은 것 같았다.

"그룹별로 대기실 이동하겠습니다! 준비해 주세요!"

조연출이 소리쳤다. 의상과 메이크업을 준비한 연습생들이 나갈 채비를 했다. 마지막으로 현우는 고개를 숙여 아이들과 눈을 맞췄다.

"긴말은 하지 않을게. 긴장할 거 전혀 없어. 무대를 즐긴다고 생각하자. 수정이는 평소 하던 대로만 하면 될 거야. 지연이는 오늘 네가 얼마나 화끈한지 보여주자. 얼음 소녀 말고 불꽃 소녀를 보여주자고. 알았지? 그리고 지수랑 하나는 덜렁거리지 말고. 특히 배하나."

"네, 알겠습니다!"

마지막으로 현우의 시선이 이솔을 향했다. 이솔의 손에 핑크색 헬로키티 가면이 들려 있다. 익숙한 가면이지만 오늘 따라 마음이 짠했다.

"솔아, 내가 지켜보고 있을 테니까 가면 썼다고 기죽을 거 없어."

"네. 저 기 안 죽어요."

이솔의 갈색 눈동자로 굳은 결심이 엿보였다.

아이들이 스태프를 따라 대기실을 벗어났다. 현우는 한참이나 아이들의 뒷모습을 지켜보았다.

저녁 6시가 되자 '프로듀스 아이돌 121' 7회 차 방송이 시작되었다. 대기실로 돌아온 현우는 손태명, 오승석과 함께 TV 화면을 지켜보았다.

7회 차 방송은 연습생들이 그룹별로 트레이닝 룸에서 안무 연습을 하고, 작곡가들의 스튜디오나 녹음실에서 녹음 작업 하는 장면이 주를 이루었다.

'역시.'

그리고 현우의 예상대로 제작진은 서아라를 주목했다. 첫 방송부터 6회 차까지의 모습을 편집해서 다시 방송에 내보냈 다. 누가 봐도 눈살이 찌푸려지는 장면들이 계속해서 흘러나 왔다.

"제작진이 또 떡밥을 뿌리는데?"

손태명이 말했다. 벌써 프아돌 공식 게시판이나 커뮤니티마 다 서아라가 왜 나오느냐며 불만이 쏟아지고 있었다.

그리고 화면이 바뀌어 어울림으로 장소가 바뀌었다. 서아 라가 어울림을 뛰쳐나가는 장면이 방송되었다. 그리고 벤치에 현우와 서아라가 앉아 있는 장면까지 그대로 방송되고 있었 다.

"뭐야? 이건 사전에 말이 없었잖아!"

당혹스러웠다. 캔 커피를 운운하던 대화는 물론이고 송지 유까지 나타났다. 그리고 송지유가 독설을 내뱉는 장면까지 그대로 방송으로 나갔다. 심지어 서아라가 현우와 송지유를 뒤로하고 뛰쳐나간 것까지 여과 없이 방송으로 나왔다.

"노트북 켜봐."

손태명이 급히 노트북을 켰다. 그리고 현우와 함께 제일 먼저 프아돌 공식 게시판부터 확인했다.

9024 김현우 대표님, 캔커피개론 감명 깊었습니다.

─나도 좀 반성하게 됨.

─나 같았으면 서아라 멱살부터 잡았을 텐데 참을성 좋네.

─캔 커피 사러 가야겠다. 진짜 농담 아니고.

─송지유랑 캔 커피 광고 찍는 거 아니야? ㅋㅋ

9030 송 대표 독설 지리네. 스무 살 맞음?

─서아라랑 한 살 차이라고 안 느껴짐. 산전수전 다 겪어본 듯.

─뭔가 송지유 말 들으니까 엄마한테 미안하네. ㅠㅠ

─여왕님답다! 여왕님을 찬양하라!

9038 서아라 하차할까, 아니면 다시 복귀할까?

─하차할 듯.

─22.

─하차할 거면 이런 장면 안 나옴. 생각들을 하셈.

─그건 그럼. ㅋ

─서아라 하차하면 인간 아님. ㅋ

다행히도 반응이 나쁘지 않았다. 하지만 현우는 얼굴이 화끈거렸다. 손태명이 노트북을 내밀었는데 벌써 어떤 커뮤니티에서는 김현우 어록이라며 방송 장면이 캡처까지 되어 돌아다녔다.

장면이 바뀌며 현우와 함께 서아라가 녹음실로 돌아왔다. 서아라가 꾸벅 죄송하다며 고개를 숙였고, 이솔과 연습생들을 껴안고 울었다.

그리고 서아라의 개인 인터뷰 장면이 나왔다.

"국민 프로듀서님들, 죄송합니다."

서아라가 의자에 앉아 꾸벅 고개를 숙였다. 이진이 작가가 인터뷰어로 나섰다.

"서아라 연습생, 하차를 결정했다고 들었는데 다시 마음을 바꾼 이유가 있을까요?"

서아라가 푹 고개를 숙였다. 두 손으로 교복 치마 끝자락을 잡고 서아라는 잠시 말이 없었다. 그러다 조용히 입을 열었다.

"열한 살 때부터 연습생 생활을 하면서 항상 1등만 해야 한다고 생각했어요. 1등을 하지 못하면 가수도 못 할 거라고 생각했거든요. 그런데 어느 순간부터 조금씩 내려가고 있는 저를 보면서 어떻게 해야 할지를 몰랐어요. 그러다 보니 노래랑 춤추는 것도 점점 싫어졌어요."

"그랬군요."

이진이가 안타까운 목소리로 대답했다.

화면을 보고 있던 현우도 안타깝기는 마찬가지였다. 어려서부터 연습생 생활을 시작하면 치열한 경쟁이 아이들을 기다린다. 그리고 그 경쟁에서 낙오된 아이들은 어린 나이에 낙오자, 패배자라는 낙인이 찍히고 만다. 끝까지 포기하지 않고 다른 기획사들을 찾아다니는 아이들도 있었지만, 고된 경쟁에 꿈을 포기하고 상처를 받는 아이들도 많았다.

서아라는 이런 아이들보다 더욱 불쌍한 아이였다. JG라는 거대 기획사에서부터 시작된 연습생 생활은 고작 열아홉 살밖에 되지 않은 소녀의 가치관까지 어긋나게 만들어 버렸다.

"슬픈 현실이지. 어른들은 아이들의 꿈을 담보로 돈을 벌고 있으니까."

손태명이 씁쓸한 얼굴로 말했다.

"그게 우리 같은 매니저들의 숙명이니까. 적어도 아이들의 순수함만은 지켜줘야 하는데 다들 그러지를 못하잖아. 태명아, 우린 절대 그러지 말자. 최소한의 양심은 지켜야 하지 않을까 싶다."

"당연하지. 그리고 넌 충분히 잘하고 있어. 어느 기획사에서 한창 절정에 올라 있는 지유를 가만히 둘까? 행사며 뭐며 정신없이 돌리고 있을 거야. 그러다 보면 지유도 점점 초심을 잃고 모든 것에 염증을 느끼겠지."

플래시즈 엔터테인먼트의 이기혁 실장은 현우에게 몇 번이나 같은 말을 한 적이 있다.

'대표님, 지금이 한창 물이 올랐을 때입니다. 송지유를 대학에 다니게 하시다니요! 공부는 나중에 인기가 떨어졌을 때 다시 하면 충분합니다! 하루에 행사 열 번만 뛰어도 수천만 원도 넘게 벌 수 있습니다! 공백기를 가지면 대중들은 금방 잊고 말 겁니다!'

하지만 현우는 이기혁 실장과는 생각이 달랐다. 아이돌 그룹의 수명은 고작 4년에서 5년 정도였다. 그나마 3 대 기획사 출신의 아이돌들이 평균치를 올리고 있는 실정이었다. 2, 3년 반짝하다가 그 빛을 잃는 아이돌이 수두룩했다. 그때의 나이는 많아야 고작 20대 초중반에 불과했다. 가장 화려하던 시기가 지나고 나면 줄어든 인기에 우울증이며 공황장애 같은 정신적인 질환까지 떠안기도 한다.

송지유는 이제 겨우 스무 살이었다. 물론 여왕미라는 신조어까지 만들어낼 정도로 남다른 아이였지만 현우는 최대한 송지유의 삶을 존중하고 싶었다. 인기는 한순간일 수 있어도 인생은 길었다.

"저는 솔이를 보면서 처음에는 이해를 못 했어요. 자기가 처한 상황이 있는데 대체 뭐가 그렇게 즐거울까? 항상 궁금했어요. 그런데 김현우 대표님이랑 송지유 선배님을 만나고 생각을 바꿨어요."

"어떻게 생각을 바꾸게 되었나요?"

"제 욕심들은 다 내려놓고 성공해야 한다는 부담감도 조금 내려놓으려고 해요."

카메라를 보며 서아라가 웃고 있다. 불안과 긴장으로 가득하던 서아라는 이제 없었다.

현우는 왠지 서아라가 자신을 보며 웃고 있다는 생각이 들었다.

*   *   *

서아라를 향해 있던 비난의 여론은 대부분 잦아든 상태였다. 그리고 이제 모든 관심은 생방송 공연에 쏠려 있었다.

관계자 대기실을 나와 현우 일행은 급히 무대 뒤편으로 향했다. 파인애플 뮤직의 이진원과 플래시즈 엔터의 이기혁 등 수많은 기획사 관계자들도 벌써 도착한 상태였다.

다들 초조함을 숨기지 못하고 있었다. 그럴 만도 했다. 아직 데뷔도 못 한 연습생들이 생방송 공연을 앞두고 있다. 기획사 관계자들 입장에서는 불안할 수밖에 없었다.

"잘들 잤어?"

프리랜서라 홀로 떨어져 있던 블루마운틴이 현우 일행을 발견하고 반색했다.

그러고는 오승석을 보며 픽 웃었다. 한눈에 봐도 오승석이 어떤 상태인지를 알 것 같았다.

생방송 시작까지 10분밖에 남지 않은 상황. 현우는 MC 대기실을 찾아갔다. 김은정이 최종적으로 송지유의 의상과 메이크업을 점검하고 있었다. 그 옆으로는 김민수도 보였다.

"현우야, 형 보러 왔냐?"

"네. 민수 형님도 뵙고 지유도 보러 왔습니다."

"미치겠다. 생방송 MC는 나도 해본 적이 있어야 말이지. 이럴 땐 지석이가 부럽다니까? 안 그래?"

"뭐, 그렇긴 하죠. 그래도 지금까지 잘해오셨잖아요. 잘하실 겁니다."

"그래그래, 몇 년만 기다려 봐. 기가 막힌 프로 하나 잡아서 지유 고정시켜 줄 테니까"

"하하, 감사합니다."

김민수와 담소를 나누고 현우는 조용히 두 눈을 감고 있는 송지유의 옆으로 앉았다. 옆에서 본 송지유는 정말 아찔할 정도로 아름다웠다.

"마인드 컨트롤 중이에요."

송지유가 조용히 속삭였다. MC 경험도 이번이 처음이고 또 첫 생방송 진행이다 보니 천하의 송지유도 긴장하고 있었다.

"애들은 준비 다 했어요?"

"응. 내가 직접 보고 왔다."

"솔이는요?"

"솔이도 단단히 마음먹은 거 같더라."

"승석 오빠는요?"

"초죽음 상태야. 어떻게 아이들보다 더 긴장하고 있어."

"하여간 바보."

송지유가 엷게 미소를 머금었다.

"자, 이제 끝! 갓 지유 출격하라!"

김은정이 짝 박수를 치며 말했다.

"어때요? 괜찮아요?"

오늘도 어김없이 송지유가 현우에게 물었다.

대충 평가를 내렸다간 등짝을 맞을 것 같아 현우는 자세히 송지유를 살폈다.

하얀색 블라우스에 연하늘색의 H 라인 스커트, 그리고 양 어깨로 H 라인 스커트와 세트인 연하늘색 재킷을 살짝 걸쳐 놓았다. 거기다 아이보리색 하이힐로 깔끔함을 더했다.

세련된 커리어우먼 느낌이 물씬 풍겼는데 송지유와 잘 어울렸다. 현우가 엄지를 척 들어 보였다.

"지유, 너는 늘 최고지."

생방송이 시작됨과 동시에 화려한 조명이 무대로 쏟아졌다. 그리고 무대 중앙으로 송지유가 나타났다.

천 명 가까이 되는 많은 팬이 송지유를 향해 환호성을 터뜨렸다.

"안녕하세요! 국민 프로듀서님들! 소녀들의 대표 송지유입니다!"

송지유가 살짝 미소를 짓자 환호성은 더욱 커졌다.

"MC 김민수입니다, 여러분!"

김민수도 모습을 드러내었다.

"자자! 오늘 정말 많은 팬분들이 저희 프로듀스 아이돌 121을 찾아주셨네요. 정말 감사드립니다. 오늘 드디어 우리 연습생들의 생방송 공연이 펼쳐집니다. 다들 기대 많이 하셨죠?"

무대 밑에 있던 스태프들이 팔을 흔들며 환호성을 유도했다. 팬들의 환호성이 잦아들자 송지유가 다시 마이크를 가까이 했다.

"공연을 시작하기 전에 특별히 소개해 드릴 분들이 있어요. 아, 저기 계시네요."

무대로 향해 있던 카메라와 조명이 일제히 관객석 한 곳으로 모아졌다.

"와아아!"

스태프의 유도도 없었건만 팬들이 환호성을 토해냈다. 현우도 관객석을 바라보며 흐뭇한 얼굴을 했다.

다스케 쿠로였다. 다스케 쿠로가 일본 팬 100명을 이끌고 한류 트레이닝 센터를 찾은 것이다.

팬들도 놀랐지만 무대 뒤에 있던 기획사 관계자들과 작곡가들도 크게 놀란 상태였다. 특히 'GOGO Dance'의 원작자 블루마운틴은 다스케 쿠로에게 관심이 많았다.

"다스케 쿠로 씨 맞지? 어떻게 여기까지 오시게 된 거야?"

블루마운틴이 물었고, 근처에 있던 사람들도 현우를 주시했다.

"제작진의 부탁도 있었고 쿠로 씨도 아이들이 보고 싶다고 하셨어. 이래저래 타이밍이 잘 맞아떨어진 거지, 뭐."

"그랬구나."

블루마운틴이 고개를 끄덕거렸다. 화제를 낳은 고양이 소녀들의 WE TUBE 영상으로 인해 다스케 쿠로도 한국에 널리 알려져 있었다.

일본에서도 다스케 쿠로를 대표적인 친한파 연예인으로 분류하고 있었다.

"이거 잘하면 시청률 20% 넘는 거 아닙니까, 대표님?"

코인 엔터의 백동원 팀장도 얼굴이 상기되어 있었다. 최영진도 마찬가지였다.

"뚜껑은 열어봐야 아는 거지만, 아주 불가능한 이야기는 아닙니다."

핸드폰을 들여다보니 벌써 프아돌 공식 게시판으로 많은 글이 올라오고 있었다.

9255 다스케 쿠로 등장! ㄷㄷ
ㅡ제작진에서 섭외한 듯?
ㅡ시청률 20% 찍겠다 이거네.
ㅡ제작진, 준비 엄청 했어. ㅋㅋ
9260 일본 팬들도 엄청 왔네.
ㅡ고양이 소녀 어쩌고 쓰여 있는 거 같음. ㅋ
ㅡ고양이 소녀들이 인기가 많긴 하구나. ㅎ
ㅡ벌써 기사도 뜨고 있음. ㄷㄷ

포털 사이트를 들어갔는데 진짜로 다스케 쿠로와 관련된 기사들이 올라와 있었다.

다스케 쿠로의 깜짝 출연 덕분에 생방송 공연이 시작되기도 전에 벌써 큰 화제를 낳고 있었다.

'밑밥은 충분히 깔렸어.'

현우의 입가로 절로 미소가 지어졌다.

그사이 스태프들이 다스케 쿠로에게 급히 마이크를 건넸다. 다스케 쿠로가 마이크를 들고 자리에서 일어났다.

"한국의 시청자 여러분, 안녕하십니까? 다스케 쿠로입니다."

다스케 쿠로가 미소와 함께 손을 흔들었다. 팬들이 환호성과 박수를 동시에 쏟아냈다.

"생방송 공연이 시작되기 전에 다스케 쿠로 씨에게 하나만 질문하겠습니다. 특별히 응원하시는 팀이 있습니까?"

김민수의 말을 통역사가 신속하게 전했다. 다스케 쿠로가 부드러운 미소를 머금다가 입을 열었다.

"고양이 소녀 여러분이 속한 그룹은 전부 응원하고 있습니다. 그리고 보미 양의 팀도 응원하겠습니다."

통역사가 통역을 하자 김민수가 놀란 얼굴을 했다. 고양이 소녀뿐만 아니라 6등을 한 차보미까지 알고 있었다.

"시간이 조금 남아서 한 가지만 더 질문하겠습니다. 다스케 쿠로 씨와 일본 팬 여러분도 저희 프로듀스 아이돌 121을 보고 계시는 겁니까?"

"물론입니다."

일본 팬들도 환호성을 지르며 연신 응원 피켓을 흔들었다.

이를 지켜보고 있던 제작진이 만족스러운 얼굴을 했다.

생방송 공연이 시작되기 전에 충분히 텐션을 끌어 올린 셈이었다.

*   *   *

송지유의 제비뽑기로 생방송 공연 순서가 정해졌다. 5등을 차지한 유지연의 그룹이 첫 번째 순서로 무대에 올라섰다.

캣우먼을 연상시키는 의상에 팬들이 뜨거운 환호성을 쏟아 내었다.

동글동글한 얼굴에 큰 눈동자를 가진 유지연의 변신은 가히 파격적이라고 할 수 있었다.

눈이 커서 그런지 진한 메이크업이 마치 다른 사람을 보는 것 같았다.

"유젼빵! 유젼빵!"

"유뎅아! 응원한다! 파이팅!"

유지연의 팬들이 애칭을 부르며 야광 봉을 흔들었다.

"안녕하세요! 저희는 '야옹!'입니다!"

유지연과 연습생들이 두 손을 쥐며 야옹 포즈를 취했다. 그리고 최정민의 섹시곡 'MOYA'의 전주가 무대로 흘러나오기 시작했다. 최정민의 섹시곡은 전자음과 드럼 사운드가 섞인 화려한 느낌의 곡이었다.

유지연을 센터로 연습생들이 안무와 함께 노래를 부르기

시작했다.

"역시 최정민 작곡가야."

여기저기에서 호평이 쏟아졌다. 현우도 유지연의 무대를 보며 최정민의 작곡 능력에 감탄했다. 정도가 심하면 자칫 눈살을 찌푸리게 하는 장르가 바로 섹시였다. 그런데 최정민의 곡은 섹시한 느낌 정도가 매우 적절했다.

센터 유지연이 무대를 사로잡고 있었다. 한 마리의 고양이처럼 사뿐사뿐 안무를 소화했다. 그리고 유지연의 깊고 맑은 음색이 화려한 곡과 어우러지며 조화를 이루었다.

"지연이가 제법인데?"

"당연하지. 원래 지연이가 메인 보컬이었잖아."

현우는 색다른 유지연의 매력에 감탄했다. 손태명의 입가에도 미소가 지어져 있다.

3분 13초의 무대가 끝이 났다. 관객석으로부터 박수가 쏟아졌다. 현우도 박수를 쳤다. 유지연뿐만 아니라 요즘 대세인 블루마운틴이나 제이슨 리도 긴장할 정도로 최정민의 곡은 훌륭했다.

"지연아!"

"대표님?"

현우는 무대를 내려오는 유지연을 직접 맞이해 주었다. 가죽 의상 때문에 유지연은 땀에 흠뻑 젖어 있었다. 현우가 얼른 수건과 시원한 생수병을 건넸다.

"잘했어! 진짜 최고였다!"

현우의 칭찬에 유지연이 조용히 웃었다. 현우는 유지연을 대기실까지 직접 데려다주었다. 다른 연습생들이 부러운 얼굴을 했다.

"다녀올 테니까 마음 편히 쉬고 있어. 너희들도 고생 많았다."

이윽고 대기실 문이 열리고 손태명이 커피 트레이 여러 개를 들고 나타났다.

지쳐 있던 연습생들이 환호성을 내질렀다.

유지연과 연습생들이 시원하게 커피를 마시는 것을 확인하고 현우와 손태명은 다시 무대 아래로 돌아왔다.

두 번째 공연으로 3등을 차지한 이지수 그룹이 무대 위에 올라가 있다.

현우를 발견한 이지수가 손을 흔들었다. 현우도 마주 손을 흔들며 이지수를 살폈다. 힙합 댄스라는 장르에 맞게 이지수는 물론이고 다른 연습생들도 걸즈힙합 계열의 의상을 입고 있었다.

"안녕하세요! 저희는! 미국 소녀들입니다!"

재치 넘치는 그룹명 소개에 현우가 피식 웃었다.

제이슨 리의 힙합 댄스곡 'BOOM! BOOM!'의 전주가 흘러 나왔다. 힙합 댄스라는 장르에 맞게 두꺼운 베이스음과 함께 리드미컬한 느낌이 물씬 풍겼다.

이지수와 연습생들이 고난이도의 힙합 댄스를 추기 시작했 다. 팬들의 감탄사가 연이어 터졌다.

그리고 힙합 댄스 장르라면 절대 빠지지 않은 랩 파트 부분 이 다가왔다. 이지수가 홀로 마이크를 들고 무대 앞으로 나와 불퉁한 자세로 앉았다. 그리고 랩을 시작했는데 제법이었다. 랩을 가르친 래퍼 블랙로즈도 만족스러운 얼굴로 이지수를 보고 있었다.

세 번째 순서로 김수정 그룹의 공연이 시작되었다. 유지오 의 큐티곡 '방과 후 보충수업!'은 대다수가 10대로 이루어져 있는 연습생들과 잘 어울리는 곡이었다. 실제로 학교에서 사 용하는 책상에 앉아서 김수정과 연습생들이 노래와 안무를 소화했다.

교복 무대의상에 커다란 검정 뿔테 안경을 쓰고 있는 김수 정을 향해 환호성이 쏟아졌다.

"호빵아! 여기 봐봐!"

"진짜 귀엽다! 김수정!"

무대가 계속되었다. 평소 의젓한 성격의 김수정이 마음껏 귀여움을 뽐내고 있었다.

"지수랑 하나가 엄청 놀리겠는데?"

현우는 벌써부터 이지수와 배하나가 또 어떤 장난을 칠지 걱정되었다.

그렇게 김수정 그룹의 무대가 끝났다.

네 번째 무대는 여섯 개의 장르 중 가장 주목을 받고 있는 블루마운틴의 일렉트로니카곡이었다. 화려한 형광색의 레트로 의상을 입은 배하나와 연습생들이 무대로 올라왔다. 팬들의 반응도 기대만큼이나 뜨거웠다.

블루마운틴의 곡 'Romance High'가 시작되기 전에 배하나와 연습생들이 팬들을 향해 손을 흔들었다.

그리고 그 순간 슬로우 템포의 일렉트로니카곡이 무대를 가득 메웠다. '프로듀스 아이돌 121'의 단체곡이자 첫 곡이었던 'it's me'와는 전혀 다른 느낌이 들었다.

레이저 조명이 쏟아지며 순식간에 공연장이 클럽으로 변해 버렸다.

강렬한 일렉트로니카 사운드가 고막을 때렸다. 별안간 배하나와 연습생들이 무대의 중앙으로 모여들었다.

각양각색의 레이저 조명이 모아졌고, 슬로우 템포를 느끼며 연습생들이 프리 댄스를 선보였다.

"와아아!"

엄청난 함성이 쏟아졌다. 앞서 있던 세 번의 무대는 전혀 기억이 나지 않는다는 듯 팬들이 어깨동무를 하고 미친 듯이 뛰었다. 무대가 끝났는데도 좀처럼 여운이 가시지 않았다.

'역시는 역시인가.'

현우는 평온한 얼굴을 하고 있는 블루마운틴을 보며 새삼 그의 능력에 놀랐다.

단순히 곡이 좋고 나쁘고를 떠나서 공연장에 모인 팬들을 뛰고 춤을 추게까지 했다.

의도적인 건 아니었지만 블루마운틴과 친분을 쌓아놓기를 잘했다는 생각이 들었다.

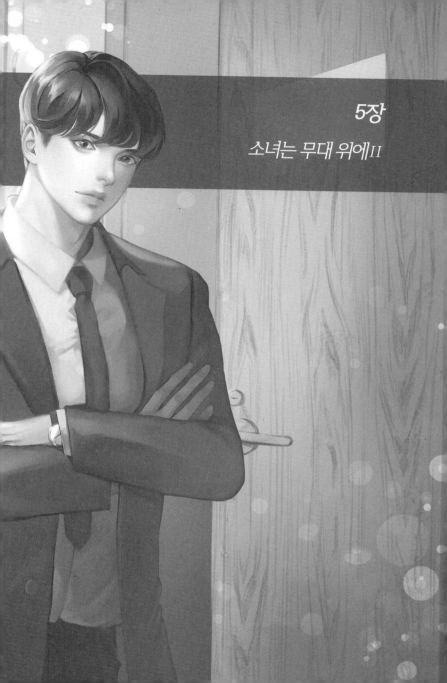

5장

소녀는 무대 위에 II

"안녕하세요! 저희는 '당당한 소녀'들입니다!"

차보미와 열 명의 멤버들이 파이팅 넘치게 소개했다. 오승석이 꿀꺽 침을 삼켰다.

'당당한 소녀'들은 이명훈의 걸크러쉬곡을 선택한 그룹이다. 오승석의 입장에서는 신경이 쓰일 수밖에 없었다. 그리고 이를 눈치챈 현우가 오승석의 어깨를 툭 쳤다.

"걱정하지 마. 네가 이길 거니까."

"그럴까?"

"당연하지."

멀찍이 떨어져 서 있는 이명훈이 현우 쪽을 쳐다보고 있었다. 현우와 오승석이 동시에 이명훈의 시선을 마주했다. 이명훈이 팔짱을 낀 채 픽 비웃음을 날리고 있다. 화가 날 법도 했지만 현우와 오승석은 이명훈을 무시했다.

다섯 번째 무대가 시작되었다. '당당한 소녀'들이 대형을 잡았다. 그리고 이명훈의 걸크러쉬곡 '파이팅 뮤직'이 무대 위로 울려 퍼지기 시작했다.

앞서 무대가 달궈진 까닭에 팬들의 호응은 매우 뜨거웠다. 차보미와 연습생들이 걸크러쉬 장르에 맞는 파워풀한 안무를 선보였고, 메탈 사운드를 기반으로 한 이명훈의 곡 '파이팅 뮤직'까지 더해져 팬들을 열광시켰다.

팬들의 반응이 점점 격해지자 이명훈은 대놓고 웃음기를 머금고 있었다. 힐끔힐끔 자꾸만 현우와 오승석을 쳐다보았다.

다섯 번째 무대가 끝이 났다. 관록의 작곡가 이명훈다웠다. 곡의 완성도도 블루마운틴에게 그다지 밀리지 않았고 팬들은 아직까지도 흥에 겨워 있었다.

"승석아, 기대하마."

이명훈이 픽 웃으며 담배를 꼬나물고 밖으로 나갔다. 이미 승부는 끝났다는 오만한 뉘앙스에 오승석이 주먹을 말아 쥐었다.

여섯 번째 무대의 소개를 위해 송지유가 무대 중앙으로 걸어나왔다. 열기에 젖어 있던 팬들이 송지유를 주목했다.

송지유가 마이크를 잡았다.

"그럼 마지막 무대를 소개할까 해요. 프로듀스 아이돌 121에서 가장 많은 관심을 받고 있는 연습생들입니다!"

이솔과 서아라, 전유지와 양시시, 김세희와 하잉, 그리고 유은까지 연습생들이 하나둘 무대 위로 올라왔다.

"의상이 예쁘네요."

언제 왔는지 릴리가 현우에게 말을 걸었다.

"은정이랑 지유가 특별히 제작한 의상입니다."

"정말요?"

남색 상의와 핑크색 하의로 이루어진 프아돌의 교복 의상을 김은정과 송지유가 조금 손을 봤다. 어깨에 화려한 견장을 달았고, 교복 치마는 파스텔 톤의 무지개 빛깔로 수선했다. 특히 1등이자 센터인 이솔의 어깨 견장은 황금색 빛을 발하고 있었다.

이솔과 연습생들이 일렬로 섰다.

"안녕하세요! 저희는!"

이솔이 먼저 크게 소리쳤다. 그리고 다 함께 'we are princess'라고 소리쳤다.

"우리는 공주라고? 저거 솔이 취향은 분명히 아니야."

현우가 피식 웃으며 말했다. 상의 끝에 그룹명을 정한 것 같았다. 그래도 화려한 무대의상과 그룹 명이 제법 잘 어울린다는 생각이 들었다.

"뭐 해?"

오승석이 심각한 표정으로 태블릿을 들여다보고 있다.

9811 이솔과 외인구단 등장요! ㅋㅋㅋ

─벌써부터 걱정된다. 이솔이랑 서아라 빼면 다 개판. ㅋㅋ

─오늘 전유지 넘어진다에 전 재산 걸겠습니다!

9817 이미 늦었음. 블루마운틴이랑 이명훈 조가 넘사벽임.

9822 어차피 가면 쓰고 나와서 표 많이 못 받을걸. ㅠ

─무대 공포증인 걸 어쩌라고? 투표들 좀 해라, 좀!

─형평성에 어긋나는 일 아님?

─뭐가 어긋나는데? 병 있는 게 잘못이야?

─아니, 그건 아닌데 좀 그렇잖아. ㅋ

벌써부터 프아돌 공식 게시판은 이솔과 다른 연습생들을 두고 말이 많았다. 대체적으로 좋은 평가를 받은 다른 연습생 그룹과 다르게 시작부터가 좋지 않았다.

무대가 고요해지며 이솔과 연습생들이 대형을 잡았다. 그리고 오승석의 걸리쉬곡 '소녀는 무대 위에'의 전주가 흘러나왔다. 웅장한 리얼 스트링이 공연장을 가득 메웠다. 그리고 등을 지고 있던 열한 명의 연습생이 일제히 몸을 돌려 앞을 바라보았다.

순간 관객석에서 여성 팬들의 비명이 터져 나왔다. 이솔뿐만 아니라 다른 열 명의 연습생이 모두 헬로키티 가면을 쓰고 있었다.

기획사 관계자들도 일제히 경악했다. 이솔도 모자라 열한 명 전원이 가면을 쓰고 있었다.

"이게 어떻게 된 겁니까?"

기획사 관계자들이 황급히 현우에게 묻기 시작했다. 하지만 현우는 그저 담담한 얼굴이다.

"이기혁 실장님?!"

플래시즈 엔터의 이기혁 실장이나 코인 엔터의 백동원 팀장도 현우와 마찬가지였다. 기획사 관계자들이 어이가 없다는 얼굴로 이솔과 연습생들이 속해 있는 기획사 매니저들을 쳐다보았다.

웅장한 전주가 지났다. 통통 튀는 전자음이 전자 기타 사운드, 그리고 베이스 사운드와 합쳐졌다. 이솔이 먼저 앞으로 나와 곡의 시작을 알렸다. 이솔의 맑고 허스키한 음색이 팬들의 귓가를 사로잡았다. 뒤이어 서브 보컬 김세희와 유은이 파트를 이어받았고, 보컬에는 재능이 없다던 서아라가 능숙하게 파트를 넘겼다. 전유지와 양시시, 하잉, 그리고 다른 연습생들에게도 보컬 파트가 돌아갔다.

"미쳤다."

제이슨 리가 입을 크게 벌렸다.

메인 보컬 이솔을 제외하면 다들 아마추어 수준이었다. 그런데 열한 명의 연습생이 파트를 소화하면서도 전혀 이질감이 느껴지지 않았다.

심지어 릴리가 고안한 고난이도의 안무도 능숙하게 소화하고 있었다. 두 발로 통통 스텝을 밟으며 이솔과 연습생들이 긴 머리를 휘날렸다. 여성적인 라인과 느낌을 강조한 춤이었다. 개인 안무뿐만 아니라 단체 군무까지 뒤섞여 있었다.

어떻게 보면 순수 무용을 연상시키는 안무가 팬들의 시선을 사로잡았다.

그리고 신스팝을 기반으로 한 락 사운드가 공연장으로 정신없이 몰아쳤다. 중간중간 세련된 전자음이 섞이며 락 사운드의 비장함에 발랄함까지 더했다.

"……"

곡과 보컬, 안무가 삼위일체 되는 광경에 블루마운틴의 얼굴이 굳어버렸다.

곡의 하이라이트가 다가왔다. 이솔과 연습생들이 일렬로

합쳐졌다. 서아라를 시작으로 아이들이 좌우로 흩어졌다.

"와아아!"

갑자기 벼락같은 환호성이 터져 나왔다. 연습생들이 하나둘 가면을 벗기 시작했다. 그리고 가장 늦게 모습을 드러낸 이솔도 가면을 벗은 채로 관객석을 응시하고 있었다.

벼락같은 환호성은 좀처럼 그치지를 않았다. 뒤이어 보컬 파트의 절정 부분이 다가왔다. 연습생들이 뒷짐을 지며 이솔 주위를 맴돌았다. 이솔이 두 눈을 감았다. 그리고 천장을 향해 손을 높이 들었다.

그리고 고음을 올렸다.

우리 다시 무대에 설 수 있을까? 소녀는 무대 위에……!

1단, 2단, 3단, 그리고 4단 고음이 공연장에 모인 사람들의 고막과 심장을 강타했다. 김세희와 유은이 파트를 이어받는 와중에도 이솔의 고음은 계속해서 뻗어나갔다. 고음 파트가 끝나자 공연장은 침묵으로 물들었다. 침묵 속에서 곡의 후반부가 정신없이 흘러가고 말았다. 이솔과 서아라가 아련한 눈동자로 서로를 마주 보며 무대는 끝이 났다.

"반, 반응이 이상한데?"

손태명이 말했다. 무대가 끝났음에도 침묵은 계속되고 있었다.

그때 다스케 쿠로가 벌떡 일어나 박수를 쳤다. 그리고 기다렸다는 듯 환호성과 박수가 쏟아졌다.

이솔이 거친 숨을 고르며 환하게 미소를 짓고 있었다.

"앵콜! 앵콜!"

팬들이 계속해서 앵콜르를 외쳤다. 이솔이 팬들을 향해 꾸벅 고개를 숙였다.

프리즘의 전유지와 양시시, 그리고 사바나의 유은도 앵콜르를 연호하는 팬들을 보며 감동에 젖어 있었다.

코인 엔터의 백동원 팀장과 사바나의 매니저 최영진도 숙연한 얼굴로 무대 위를 바라보고 있었다.

"우리 아이들이 저렇게 빛이 나는 아이들인 줄은 정말 몰랐습니다."

백동원이 감회에 젖어 말했다. 최영진은 이미 눈동자가 붉어져 있었다. '발굴 뉴 스타!'에 출연하며 온갖 조롱이란 조롱을 다 받은 프리즘과 사바나였다. 그런데 지금은 저렇게 무대 위에서 가수에게는 최고의 환호인 앵콜 세례를 받고 있다.

무대 위에 있는 아이들도 백동원과 최영진이 느끼고 있는 감정을 고스란히 느끼고 있었다.

그칠 줄 모르는 앵콜르에 전유지와 양시시가 주르륵 눈물을 흘렸다. 그리고 씩씩하던 유은까지 눈물을 흘렸다. 결국 이솔과 서아라가 울고 있는 연습생들을 다독여야 했다.

팬들이 '울지 마! 울지 마!' 하며 위로를 보내왔다. 정신없이 흐느끼던 아이들이 눈물을 훔쳤다. 그리고 무대 앞으로 나와 팬들에게 손을 흔들며 감사의 인사를 전했다.

팬들과 아이 콘택트를 하며 인사를 하던 이솔이 다급히 현우를 찾았다. 현우와 이솔의 시선이 마주쳤다. 이솔이 헤헤 웃으며 현우를 향해 손을 흔들었다. 현우가 오로지 이솔만을 위해 박수를 보냈다. 그러자 뭐가 그리 좋은지 이솔이 까르르 웃었다.

"솔이가 저렇게 밝게 웃는 건 처음 보네."

손태명이 말했다. 현우도 동감이다. 처음 보는 모습이 낯설기는 했지만, 무대 공포증이라는 굴레를 벗어나는 것 같아 현우는 홀가분했다.

팬들의 환호가 계속되는 가운데 대기실에 있던 연습생들도 무대 위로 올라왔다. 그리고 현장 집계와 시청자 투표가 합쳐져 발표되었다.

'어차피 결과는 정해져 있어.'

현우의 예상대로였다.

이번 7회 차 오리지널곡 생방송 경연은 이솔이 속한 'we are princess' 그룹의 압도적인 승리로 대미를 장식했다. 1,000명의 현장 관객들에게 378표를 얻어냈고, 시청자 투표수도 무려 23만 표에 달했다.

블루마운틴의 일렉트로니카곡을 선택한 배하나의 그룹이 현장 투표수 172표, 그리고 시청자 투표수 12만 표를 기록하며 2등을 차지했다.

그리고 이변이 발생했다. 최정민의 섹시곡을 선택하며 파격적인 변신을 한 유지연의 그룹이 3등을 차지한 것이다. 이지수와 김수정의 그룹은 근소한 차이로 각각 4등과 5등을 차지했다.

이변은 한 번 더 일어났다. 이명훈의 걸크러쉬곡을 선택한 차보미의 그룹이 6등, 즉 최하위를 차지한 것이다.

"그나저나 이거 재밌겠는데?"

현우가 한쪽 구석을 쳐다보며 피식 웃었다. 최하위 등수를 차지한 이명훈이 소태를 씹은 표정을 하고 있었다.

"승석아."

고개를 돌리자 이미 오승석이 이명훈을 쳐다보고 있었다. 오승석이 그 어느 때보다 당당한 얼굴로 이명훈의 시선을 피하지 않고 있었다. 오승석이 뚜벅뚜벅 걸음을 옮겨 이명훈의 앞으로 섰다.

"뭐? 나한테 잘난 척하러 온 거냐?"

이명훈이 삐딱한 표정을 하며 말했다. 그런데도 오승석은 말이 없었다. 현우는 조용히 두 사람을 지켜보았다. 혹시라도 멱살잡이가 벌어지면 금방이라도 뛰어가 말릴 생각이다.

"그동안 감사했습니다."

"너, 갑자기 무슨 헛소리를 하는 거야?"

이명훈이 당황해하고 있었다. 하지만 오승석은 진지했다.

"선생님이 그렇게 모질게 대하지 않으셨다면 아직까지도 스튜디오에서 아르바이트나 했을 겁니다. 덕분에 세상에 얼마나 나쁜 사람이 많은지를 잘 배웠습니다. 그리고 선생님이 아니었으면 현우랑 어울림도 절대 못 만났을 겁니다. 밤을 새워가며 작곡 공부도 하지 않았겠죠. 감사합니다. 그리고 오늘은 제가 이긴 겁니다. 음원 차트에서도 제가 이길 겁니다. 그러니 그때 사과를 꼭 받겠습니다."

마지막으로 오승석이 꾸벅 고개를 숙였다. 사정을 모르는 사람들이 본다면 옛 스승과 제자의 모습이 보기 좋다며 말하겠지만 현우는 달랐다. 오승석이 얼마나 마음을 독하게 먹었는지를 알 수 있었다.

"야! 야! 오승석!"

이명훈이 소리쳤지만 오승석은 뒤도 돌아보지 않았다.

오승석이 슥 현우를 쳐다봤다.

"나 좀 멋있었어?"

오승석의 농담에 현우가 픽 웃으며 어깨에 손을 걸쳤다.

"멋있었다, 오승석."

"그렇지?"

오승석이 검정 뿔테 안경을 벗어젖혔다. 그리고 쓰레기통으로 처넣었다.

*　　　*　　　*

7회 차 생방송 공연이 끝나고 곧바로 '프로듀스 아이돌 121'의 오리지널 음원이 공개되었다. 그리고 음원이 공개된 지 불과 세 시간 만에 '소녀는 무대 위에'가 대형 음원 사이트 코코넛은 물론 모든 음원 차트에서 올킬을 달성했다.

블루마운틴의 'Romance High'가 코코넛에서 차트 5등을 기록했고, 최정민의 'MOYA'는 7등을 기록했다. 제이슨 리의 'BOOM! BOOM!'은 9등을, 그리고 유지오의 '방과 후 보충수업!'이 10등을 기록했다.

반면 이명훈의 '파이팅 뮤직'은 겨우 음원 차트 15등에 머무는 저조한 성적을 기록했다.

오승석과 '소녀는 무대 위에'가 화제가 되고 있는 건 음원 차트에서만이 아니었다. 프아돌 방송이 끝난 지 몇 시간이나 흘렀지만, 포털 사이트는 여전히 관련 기사들이 메인을 장식하고 있었다.

[프아돌 오리지널곡 '소녀는 무대 위에' 음원 차트 올킬!]

[소녀는 무대 위에', 제2의 '종로의 봄'으로 등극하나?]

[어울림의 신인 작곡가 오승석, 혜성처럼 등장하다!]

―노래 진짜 미치게 좋음. ㅋㅋ

―엄청 세련되고 중독성도 ㄷㄷㄷ함.

―어울림은 진짜 터가 좋은 거야? 김정호도 그렇고 이제는 오승석이란 작곡가까지 대박을 치네. ㄹㅇ 이러다 가요계, 어울림 엔터테인먼트가 다 해먹는 거 아냐? ㅎㅎ

―좋은 노래만 만들어주면 다 해먹어도 상관없음. ㅇㅈ?

'소녀는 무대 위에'와 작곡가 오승석에 대한 대중의 찬사가 쏟아졌다.

그리고 이보다 더 큰 화제를 불러일으키고 있는 소녀가 있었으니 바로 이슬이었다.

프아돌 공식 게시판을 넘어 각종 대형 커뮤니티마다 이슬의 4단 고음 영상이 돌아다녔다.

335425 프아돌 7회 차 생방송 경연 이슬 4단 고음. asf

―이거 그냥 미쳤는데. ㄷㄷㄷ

―4단 고음 듣고 귀가 정화됨. ㅇㅇ

—갓 부기! 역시 내 고정픽답다! ㅋ

—이솔이 이렇게까지 노래를 잘함?

—생방으로 봤는데 ㄹㅇ 돌고래 저리 가라 하는 고음임!

이솔과 관련된 여러 게시 글 중 유독 하나가 현우의 눈에 띄었다. 제목을 보자마자 현우의 눈동자가 빛났다.

335430 100년에 한 번 나올까 말까 한 미소.gif

—마성의 미소.

—저장하게 복사 금지 풀어줘요. ㅠㅠ

—ㅎㄷㄷㄷ

—보기만 해도 기분이 상쾌해짐.

—기분 나쁠 때 이거 보면 되겠네. ㅋㅋㅋ

댓글이 끝이 없었다. 가면을 벗고 미소를 짓고 있는 이솔의 모습은 현우가 봐도 감탄이 나올 정도였다.

이솔에 이어 유지연도 큰 화제 몰이를 하고 있었다. 차분하고 말수가 없는 성격 탓에 비교적 인지도가 낮던 유지연의 인기가 이번 생방송 공연을 통해 치솟고 있었다. 지금의 상황이 현우는 더없이 만족스러웠다.

그리고 7회 차 생방송 공연의 수혜자는 비단 오승석과 고양이 소녀들뿐만이 아니었다.

그동안 온갖 조롱을 받던 프리즘의 전유지와 양시시, 또 사바나의 유은도 화제가 되고 있었다.

불성실한 태도로 비난을 받던 서아라에 대한 평가도 이번 생방송 공연을 계기로 많이 희석되고 있었다.

'정말 고생들이 많았지. 하루에 세 시간도 못 자며 연습했으니까.'

현우는 지금의 결과가 당연하다는 생각을 했다. 생방송 공연에서 보여준 연습생들의 실력은 칭찬을 받아 마땅했다.

새벽을 넘긴 시간이었지만 어울림은 축제 분위기였다.

"날도 더운데 간만에 맥주 파티나 할까요?"

현우의 제안에 어울림 식구들 모두가 찬성했다. 잠시 후, 치킨이며 피자가 잔뜩 배달 왔다. 1층 카페로 맥주병이 좌르륵 깔렸다.

"자! 승석이의 1위 달성을 축하하며 건배하죠! 건배!"

지난 몇 주간 밤을 새워가며 고생한 오승석에게 격려와 칭찬이 쏟아졌다. 그중에서도 김정호가 유난히도 기분이 좋아 보였다.

"승석아, 축하한다. 그동안 고생 많았어."

"아닙니다. 형님한테 정말 많이 배웠어요."

"그럼 스승님이라고 부르는 건 어때?"

현우가 끼어들었고, 김정호가 하하 웃었다.

"정말 그럴까요, 형님?"

"그냥 형님이라는 단어가 제일 편해요."

"정호 형님이 그렇다는데?"

오승석도 현우를 보며 웃었다. 한동안 창작의 고통에 시달린 오승석이었다. 하지만 지금은 여기 있는 그 누구보다도 밝은 얼굴을 하고 있었다.

"솔이랑 애들도 있었으면 좋았을 텐데요."

송지유가 추향의 잔에 맥주를 따르며 말했다. 그러고 보니 이솔을 비롯한 또 다른 주인공들이 보이지 않았다.

"현우가 치킨이랑 피자랑 잔뜩 주문해서 보냈으니까 아이들도 오늘 하루는 배 터지게 먹을 거야. 걱정 마."

손태명이 송지유를 안심시켰다.

열대야가 무색할 정도로 맥주 파티는 계속되었다. 분위기가 한창 무르익을 무렵, 현우가 송지유를 쳐다보았다.

"지유야."

"왜요? 할 말 있어요?"

술기운이 조금 오른 송지유는 양 볼이 발그레했다. 화장기 없는 민낯임에도 미모가 열심히 일을 하고 있었다.

"이제 슬슬 학기 끝나가지? 기말고사가 언제라고 했지?"

"다다음주면 시험 끝나고 종강이에요."

"그럼 이제 슬슬 복귀해 보는 건 어떨까?"

"좋아요. 학교 다니면서 충분히 쉬었어요. 저 복귀할래요."

어울림 식구들이 일제히 현우와 송지유 쪽을 쳐다보았다. 어울림의 간판스타라고 할 수 있는 송지유가 활동 복귀를 선언했다.

"종강하면 앨범 작업 하면서 틈틈이 스케줄 하는 걸로 하자. 괜찮지?"

"오빠가 알아서 해요."

변함없는 송지유의 믿음에 현우는 괜스레 어깨가 으쓱했다. 현우가 어울림의 식구들을 눈으로 담으며 입을 열었다.

"이번 지유의 컴백 앨범은 정규 1집으로 제작해 볼 생각입니다."

현우의 말에 어울림 식구들이 당연하다는 듯 고개를 끄덕거렸다. 송지유의 데뷔 앨범은 수록곡이 두 곡뿐인 디지털 싱글이었다.

이번 컴백 앨범은 송지유의 위상에 맞게 정규 앨범을 발매할 생각이다. 현우의 시선이 자연스레 김정호에게 향했다.

"정호 형님, 이번에도 부탁드리겠습니다."

"알겠어요."

현우의 시선이 오승석에게로 향했다.

"승석이 너도 한 곡 정도만 부탁하자."

"나도?"

"밥값 제대로 하는 작곡가를 그대로 둘 수는 없잖아."

"하하, 알았어. 근데 현우야, 정규 앨범이면 최소 열 곡은 실어야 하는 거 아냐?"

오승석의 말에 김정호도 고개를 끄덕거렸다.

"잠깐."

갑자기 오승석이 생각에 잠겼다. 묘하게 무언가가 이상했다.

"근데 정규 앨범이라고?"

오승석이 현우를 쳐다보며 의문에 잠겼다.

한류 트레이닝 센터 내 제작진 회의실.

제작진과 기획사 관계자들, 그리고 오리지널곡을 성공적으로 흥행시킨 작곡가들까지 프아돌을 이끌고 있는 모든 사람이 총출동을 한 상태였다.

"다들 모이셨으니 그럼 회의를 시작하겠습니다."

메인 피디 이승훈이 스크린으로 PPT를 띄웠다.

"보시다시피 우리 프로듀스 아이돌 121은 저번 7회 차 생방송에서 시청률 21%를 달성했습니다. 저희 제작진이 기획안을 만들며 목표로 설정한 15%의 시청률을 확실하게 초과 달성한 셈이죠."

현우를 시작으로 회의실에 모인 관계자들이 제작진을 향해 박수를 보냈다. 이승훈이 고마움을 담아 현우에게 눈인사를 보내왔다.

"그리고 저번 주 10회 차 방송에서는 최종 데뷔 멤버 열세 명이 정해졌습니다. 보시죠."

PPT 페이지가 넘어가며 데뷔 멤버들의 얼굴과 등수가 떠올랐다.

1등 이솔(어울림 엔터테인먼트/17세)

2등 유지연(어울림 엔터테인먼트/18세)

3등 이지수(어울림 엔터테인먼트/18세)

4등 김수정(어울림 엔터테인먼트/18세)

5등 배하나(어울림 엔터테인먼트/18세)

6등 서아라(플래시즈 엔터테인먼트/18세)

7등 전유지(코인 엔터테인먼트/16세)

8등 유은(전 디온 뮤직 사바나 멤버/21세)

9등 김세희(개인 연습생/18세)

10등 양시시(코인 엔터테인먼트/19세)

11등 하잉(개인 연습생/17세)

12등 차보미(파인애플 뮤직/18세)

13등 권예슬(파인애플 뮤직/18세)

1등부터 5등까지의 등수를 어울림의 연습생이 싹쓸이했다. 19등까지 밀려난 플래시즈 엔터의 서아라는 7회 차 공연에서 진가를 발휘하며 6등을 차지했다.

20위권 밖으로 밀려나 있던 코인 엔터의 전유지와 양시시, 그리고 전 사바나 멤버 유은도 모두 10위권 안에 안착했다. 소속사도 없던 김세희와 베트남에서 한국을 찾은 하잉도 데뷔 조에 포함되는 기적을 연출했다.

이 모든 것이 7회 차 공연에서 1등을 차지하고 어마어마한 득표수와 함께 인지도를 차지한 결과였다. 물론 피나는 노력을 기반으로 한 결과였지만, 사실상 승부처는 7회 차 오리지널곡 생방송 경연이었음을 누구도 부정하지 못했다.

방송 초기 선전을 예상한 파인애플 뮤직의 차보미는 뒷심 부족으로 12등을 차지했다. 파인애플 뮤직 입장에서는 속이 쓰린 결과였지만, 천만다행으로 연습생 권예슬이 13등을 기록하며 마지막 데뷔 멤버가 되었다.

현우는 머릿속으로 열세 명의 조합을 떠올려 보았다. 국민 프로듀서인 시청자들의 투표로 인해 완성된 조합이지만 신기하게도 그림이 좋았다.

"이제 우리 프로듀스 아이돌 121은 마지막 방송인 11회 차를 남겨두고 있습니다. 저희 제작진의 마지막 목표는 시청률에 상관없이 유종의 미를 거두는 것뿐입니다."

PPT 자료들이 펼쳐졌다. 11회 차 마지막 방송에 관한 기획안이 좌르륵 펼쳐졌다.

"오늘 기획사 매니저분들과 작곡가 선생님들을 모신 이유는 데뷔와 활동을 담당할 매니지먼트사를 정하기 위해서입니다."

화기애애하던 회의실 공기가 일순간 어색해졌다.

데뷔 멤버들이 소속되어 있는 기획사들만 자격을 가지고 있는 것이 아니었다. '프로듀스 아이돌 121'에 연습생을 출연시킨 기획사라면 자격이 충분했다.

메인 피디 이승훈이 기획사 관계자들을 둘러보다 입을 열었다.

"매니지먼트 담당을 희망하시는 기획사가 있다면 지금 손을 들어주시면 좋겠습니다."

기획사 관계자들 중 그 누구도 선불리 손을 들지 못하고 있었다.

'다들 눈치만 보고 있군.'

현우가 옅은 미소를 머금었다. 다들 눈치 싸움을 하고 있는 듯했다.

"저희가 한번 해보겠습니다!"

갑자기 누군가가 손을 들며 자리에서 일어났다. 말끔하게 정장을 입은 20대 중후반의 매니저가 당당하게 서 있다.

"안녕하십니까? TOP 엔터테인먼트의 박재영 기획실장입니다."

회의실에 모여 있던 기획사 관계자들이 웅성거리기 시작했다. 20대 중후반의 나이에 기획실장이라는 직함은 초고속 승진이 아니면 꽤나 어려운 위치였다.

"TOP 엔터테인먼트라고 요즘 부쩍 뜨고 있는 기획사야. S&H에 있을 때 몇 번 이야기를 들어본 적이 있어."

손태명이 현우에게 귀띔을 해왔다.

"저희 사장님도 TOP 엔터테인먼트가 자금력 하나는 엄청나다고 하시더군요. 요즘은 소형 기획사들을 인수 합병 한다는 소문까지 돌고 있습니다, 대표님."

코인 엔터의 백동원 팀장도 손태명을 거들었다.

현우는 빠르게 기획실장 박재영을 스캔했다. 한눈에 봐도 귀티가 흐르는 것이 밑바닥부터 매니저 생활을 했으리라고는 도저히 생각되지 않았다.

'아무리 봐도 있는 집 아들 같단 말이야.'

툭.

손태명이 현우의 팔을 쳤다.

"뭐 해? 가만히 보고만 있을 거야?"

"그럴 리가."

현우도 손을 들고 자리에서 일어났다. 박재영이 꿀꺽 침을 삼키며 긴장했다. 그리고 플래시즈 엔터의 이기혁 실장도 손을 들고 일어났다.

먼저 의사를 표시한 박재영이 제작진과 관계자들을 향해 입을 열었다.

"저희 TOP 엔터테인먼트는 업계에 뛰어든 지 그리 오래된 기획사는 아닙니다. 하지만 3년간 차근차근 성장해 왔습니다. 그리고 오늘 여러분에게 처음으로 말씀드리겠습니다. 저희 TOP 엔터테인먼트는 로데 엔터테인먼트의 대대적인 투자를 유치하는 데 성공했습니다. 만약에 저희 TOP 엔터테인먼트가 매니지먼트를 담당하게 된다면 자금적인 면에서, 그리고 대대적인 홍보를 통해 여러 분야로 연습생들을 진출시킬 수 있을 겁니다."

박재영의 설명에 기획사 관계자들이 술렁였다. TOP 엔터테인먼트가 대기업인 로데의 투자를 유치했노라고 공표하고 있었다.

순간 현우의 얼굴이 굳어졌다. 처음부터 당당하던 태도에는 다 이유가 있었다. 로데 엔터테인먼트가 로데 시네마에 전력을 다하고 있기는 했지만, 대기업이라는 배경은 쉽게 무시할 수 없는 사안이었다.

"이거 좀 피곤하겠는데?"

현우가 조용히 손태명에게 말했다. 박재영이 자신감 넘치는 표정으로 자리에 앉았다.

"제가 먼저 말씀을 드리겠습니다."

이번에는 플래시즈 엔터테인먼트의 이기혁 실장이 현우를 제치고 먼저 입을 열었다.

"박재영 기획실장님의 말씀은 잘 들었습니다. 하지만 한 가지만 말씀드리겠습니다. 저희 플래시즈 엔터테인먼트도 TOP 엔터테인먼트와 마찬가지로 충분한 능력이 있는 회사입니다. 여러분 모두가 아시다시피 저희 플래시즈는 3대 배우 기획사로 잘 알려져 있습니다."

이기혁이 잠시 숨을 골랐다. 그러더니 현우를 보며 다시 입을 열었다.

"하지만 저희 플래시즈 엔터테인먼트는 데뷔 조 매니지먼트를 담당할 회사로 어울림 엔터테인먼트가 가장 적합하다고 생각합니다."

전혀 예상하지 못한 말에 현우의 눈동자가 커졌다. 이기혁이 계속해서 말을 이어갔다.

"저희 플래시즈도 이번 데뷔 조 그룹이 적지 않은 인기를 얻을 것이라는 사실을 잘 알고 있습니다. 벌써 21%의 시청률로 증명을 하지 않습니까? 그리고 여기 계신 제작진 여러분과 다른 관계자분들이 부인 못 할 사실을 말씀드리고 싶습니다. 프로듀스 아이돌 121이 흥행할 수 있던 까닭에는 제작진 여러분의 기획력과 능력도 있었지만 어울림 엔터테인먼트의 지원도 절대 무시할 수 없습니다. 그렇지 않습니까?"

이기혁의 말이 끝나기가 무섭게 백동원이 손을 들고 일어났다.

"코인 엔터테인먼트의 백동원 팀장입니다. 저도 한 말씀 드리겠습니다. 애당초 저희 코인은 프아돌에 출연할 생각조차 없었습니다. 그런데 우리 유지랑 시시가 이번 데뷔 조에 포함이 되었고, 다 죽어가던 저희 프리즘도 희망이 생겼습니다. 저희 프리즘의 유지와 시시를 섭외한 건 김현우 대표님이십니다."

"저희 플래시즈도 비슷한 맥락으로 신세를 졌습니다. 덕분에 아라가 6등을 차지했으니까요."

이기혁이 서아라를 언급했다. 그런데 또 최영진까지 손을 들고 일어났다.

"저는 사바나의 전 매니저 최영진이라고 합니다. 디온 뮤직도 문을 닫은 마당에 제가 나서는 게 맞나 싶기는 한데, 감히 저도 한 말씀 올리겠습니다. 프리즘의 유지나 시시처럼 우리 유은이랑 다른 아이들도 김현우 대표님이 아니었다면 연예인의 꿈을 포기했을 겁니다. 저 역시 마찬가지입니다. 지금쯤 다른 일을 하고 있겠죠. 사바나의 전 매니저로서 저는 어울림의 김현우 대표님이 우리 아이를 맡아주셨으면 합니다. 주제넘었다면 죄송합니다."

최영진이 꾸벅 고개를 숙이고 자리에 앉았다.

연달아 세 명의 매니저가 매니지먼트를 담당할 기획사로 어울림을 추천했다.

자신감 넘치던 박재영의 표정이 흙빛이 되어 있다.

한참을 돌고 돌아 현우의 발언 차례가 다가왔다. 현우는 머리를 긁적였다. 지금 이 상황에서 무슨 말을 해야 할지 상당히 난감했다. 손태명과 오승석이 그런 현우를 보며 숨죽여 웃었다.

'고맙기는 한데, 내가 왜 엄석대가 된 것 같은 기분이지?'

한참을 생각하다 현우가 마침내 입을 열었다.

"먼저 TOP 엔터테인먼트 박재영 기획실장님의 말씀 잘 들었습니다. 그리고 이기혁 실장님, 백동원 팀장님, 최영진 매니저님도 정말 고맙습니다. 하지만 저는 가장 공평한 방법은 데뷔를 할 아이들이 직접 매니지먼트를 담당할 회사를 뽑는 것이 아닐까 하는 생각이 듭니다."

잠시 말을 쉬다 현우가 쓰게 웃었다.

"그런데 생각해 보니까 저희 어울림 소속 연습생들이 다섯 명이나 있어서 이 방법도 좋은 방법은 아닌 것 같네요."

갑자기 여기저기에서 폭소가 터졌다. 잔뜩 날이 서 있던 분위기가 상당히 누그러들었다. 현우가 어깨를 으쓱하며 다시 입을 열었다.

"여러분의 추천도 있고 하니 저희 어울림에서 이번 데뷔 그룹의 매니지먼트를 담당했으면 합니다."

다들 수긍하는 분위기였다. 오직 한 사람, 박재영만이 한숨을 푹 내쉬고 있었다.

"잠깐만요. 아직 말씀드릴 게 더 있습니다. 저희 회사 인력풀이 아직 완성되지 않았기 때문에 여러분의 힘도 빌려야 할 것 같습니다. 미디어 홍보 쪽은 TOP 엔터테인먼트에게 맡기고 싶습니다."

박재영의 얼굴이 순간 환해졌다. 현우가 웃음을 머금으며 말을 이어갔다.

"플래시즈 엔터테인먼트에겐 언론 홍보를 부탁드리고 싶습니다. 배우 기획사이니 언론 쪽은 저희 어울림보다는 훨씬 나을 겁니다. 또 파인애플 뮤직 쪽에도 부탁드릴 게 있습니다. 안무가로 릴리 씨를 초빙하고 싶습니다."

"하하, 언론 홍보는 저희 플래시즈가 최고죠!"

"저희 파인애플도 당연히 협조를 해야 하지 않겠습니까?"

이기혁 실장뿐만 아니라 차마 발언을 하지 못하고 있던 이진원 팀장까지 현우의 결정을 반겼다.

"그리고 코인 엔터의 백동원 팀장님이랑 최영진 매니저님은 현장에서 저를 도와주셔야 할 것 같습니다."

"저, 저까지요?"

최영진이 말까지 더듬었다. 현우의 배려가 아니었다면 애당초 최영진은 제작진 회의에 낄 수조차 없었다. 말이 전 매니저지 디온 뮤직이 문을 닫은 후로 사실상 사바나는 해체 상태였기 때문이다.

현우가 씩 웃었다.

"아이들이 총 열세 명입니다. 저는 지유를 담당해야 하는데, 손태명 실장한테 다 떠맡길 수는 없지 않습니까?"

＊　　　＊　　　＊

다사다난하던 회의가 끝이 났다. 회의가 끝났는데도 현우 주위로 기획사 관계자들이 우르르 몰려들었다.

"감사합니다! 감사합니다, 대표님!"

최영진의 눈동자가 또 붉어져 있다. 겨우 스물네 살밖에 되지 않은 젊은 매니저의 어깨를 현우가 다독였다.

"감사는요. 이제 정신없이 바빠질 거예요. 괜찮겠어요?"

"물론입니다. 다시 매니저를 하게 되다니 꿈만 같습니다."

"연예계라면 치가 떨린다고, 다시는 발 들여놓지 않겠다고 하지 않았나?"

"제, 제가 언제요?!"

백동원이 흘리는 말에 최영진이 강하게 부정했다.

"그날 눈물 젖은 고기가 참 인상적이긴 했는데, 그렇죠, 팀장님?"

"하하! 그럼요! 아직도 기억이 생생합니다!"

현우와 백동원이 최영진을 놀렸다. 결국 당황한 최영진이 급히 담배를 피우고 오겠다며 회의실을 벗어났다.

"감사합니다. 우리 아라도 그렇고 또 이렇게 신세를 지게 됩니다. 언론 홍보라… 덕분에 회사로 떳떳하게 돌아갈 수 있겠습니다."

이기혁 실장도 현우에게 고마움을 표시했다.

"아닙니다. 근데 저녁은 언제 사주실 겁니까?"

"하하, 조만간 자리를 마련하겠습니다. 마침 대표님께 보여주고 싶은 사람도 있습니다."

현우와 이기혁이 대화를 나누고 있는데, TOP 엔터테인먼트의 박재영 기획실장이 자꾸만 주변을 서성거리고 있었다. 다들 암묵적으로 박재영을 피하고 있는 눈치였다.

"고생 많으셨습니다. 미디어 홍보 쪽은 TOP 엔터만 믿겠습니다."

현우가 먼저 알은척을 했다. 박재영이 안도의 숨을 내쉬며 손을 내밀었다.

"인사가 늦었습니다. 박재영입니다."

"반갑습니다. 김현우입니다."

"저… 조금 전에는 제가 실례를 범한 것 같습니다. 죄송합니다, 대표님."

박재영이 먼저 사과를 해왔다.

'생각한 것보다 괜찮은데?'

지금은 그냥 부잣집 막내아들 같은 느낌이 강했다.

"괜찮습니다. 이해합니다."

"이해해 주셔서 정말 감사합니다."

박재영이 진심을 담아 환하게 웃어 보였다.

현우는 손태명, 오승석과 함께 한류 트레이닝 센터를 빠져나왔다. 현우 일행의 시야로 이명훈의 고급 승용차가 보였다. 황급히 한류 트레이닝 센터를 벗어나려는 모습에 현우는 물론이고 일행은 어이가 없었다.

"사과도 안 하고 내빼겠다 이거지?"

현우는 기가 막혔다. 회의실에서도 구석에 박혀 있더니 회의가 끝나자마자 사라져 버린 이명훈이다.

그런데 이명훈의 승용차가 앞서 있는 SUV 차량에 막혀 게이트를 벗어나지 못하고 있었다.

그때였다. SUV 차량의 문이 열리며 블루마운틴이 모습을 드러내었다.

그러고는 현우 일행을 향해 손을 흔들며 소리쳤다.

"미안한데, 회의실에 지갑을 두고 온 거 같아! 좀 봐줄래?!"

"오케이!"

현우가 피식 웃었다. 블루마운틴은 지갑을 잃어버린 게 아니었다. 도망치려던 이명훈을 막고 있는 것이었다.

"아쉽기는 하지만 내가 다녀올게. 사과 제대로 받아놔."

손태명이 회의실로 향하는 척 주차장으로 향했다.

"야! 차 안 빼? 지금 뭐 하는 거야?!"

이명훈이 버럭 소리를 질렀다.

"선배님, 제가 지갑을 놓고 왔습니다."

블루마운틴이 능글맞게 이명훈의 고함을 웃어넘겼다. 그사이 현우와 오승석이 이명훈의 승용차 앞을 가로막았다.

"너, 너, 일부러 그런 거냐, 이 새끼야?!"

이명훈이 차에서 내려 블루마운틴의 멱살을 잡으려고 했다. 그리고 현우가 이명훈의 팔목을 낚아챘다.

"지금 뭐 하시는 겁니까?"

"놔! 안 놔?"

"놔 드리죠."

현우가 손에서 힘을 뺐다.

"다들 안 비켜?"

"못 비킵니다."

"뭐?"

"약속하지 않으셨습니까? 음원 차트 순위가 승석이보다 낮으면 사과하시겠다고. 선생님께서 직접 말씀하셨습니다."

현우는 단호했다.

이명훈의 얼굴이 토마토처럼 벌게졌다. 오승석이 이명훈의 앞으로 당당히 섰다. 점점 사람들의 이목이 쏠리고 있었다. 결국 이명훈이 벌게진 얼굴로 손까지 떨며 입을 열었다.

"미, 미안하다, 오승석."

순간 오승석은 가슴이 시원하게 뻥 뚫리는 것만 같았다. 이런 날이 오기를 얼마나 고대하고 또 소원했던가.

오승석을 지켜보던 현우도 마음이 후련했다.

이명훈이 황급히 승용차를 끌고 게이트를 벗어났다.

"고맙다."

"고맙기는, 나도 속이 다 시원하네."

시간을 벌어준 블루마운틴이 빙긋 웃었다.

"가자, 승석아."

"어딜?"

"어디기는, 이런 날에 소주 한잔해야지."

현우가 오승석의 어깨에 팔을 걸며 씩 웃었다.

* * *

KBN 별관 공개홀 출연자 주차장으로 초록색 봉고차가 들어섰다. 다행히 봉고차를 발견한 사람은 아무도 없었다.

드르륵.

봉고차 문이 열렸다. 화려한 드레스 차림의 송지유가 김은정의 도움을 받아 조심조심 봉고차에서 내렸다.

"누가 보기 전에 빨리 들어가자."

현우는 서둘러 송지유를 데리고 별관 공개홀로 들어갔다. 마중을 나와 있던 조연출과 스태프들이 황급히 세 사람을 대기실로 안내했다.

"우와! 대기실 엄청 크네요?!"

김은정이 감탄을 금치 못했다.

KBN은 이번이 첫 출연이다. 그래서 제작진이 특별히 신경을 쓴 것 같았다. 대기실을 둘러보던 현우는 슥 송지유를 살폈다.

송지유는 조용히 두 눈을 감고 있었다. 현우는 대번에 송지유가 긴장하고 있음을 눈치챘다.

"지유야, 청심환 하나 먹을래?"

"아니에요. 괜찮아요."

"긴장되면 언제든 말해."

어느 순간 송지유가 두 눈을 떴다. 잠시 거울을 마주 보고 있던 송지유가 고개를 들어 현우를 쳐다보았다.

"오빠."

"응."

"사람들이 제 결정을 이해해 줄 수 있을까요?"

송지유의 물음에 현우는 선불리 대답할 수가 없었다.

*　　　*　　　*

"와아, 이게 다 뭐죠?"

송지유의 대기실을 찾아온 KBN의 제작진이 놀라움을 숨기지 못했다. 대기실 안에는 팬들이 보낸 조공이 가득했다.

정성스럽게 포장된 도시락은 기본이고 음료수와 간식이 차고 넘쳤다.

놀라워하는 제작진을 보며 현우는 웃음을 삼켰다. 무형이나 프아돌 제작진과는 반응 자체가 달랐다. 송지유와 김은정이 제작진에게 도시락과 간식을 나누어주었다. 제작진이 정말 좋아했다.

'그럴 만도 하지.'

단독 대기실까지 내어준 이 프로그램의 명칭은 '가요무대'였다. 젊은 사람들에겐 다소 생소할 수도 있는 이름이지만 누구나 채널을 돌리다 한 번쯤은 봤을 법한 프로그램이 바로 '가요무대'였다.

'가요무대'는 1985년부터 방송되기 시작한 KBN의 장수 프로그램이다. TV 프로에서 흘러간 옛 노래를 찾아보기가 어려운 요즘 '가요무대'는 중장년층 세대에겐 가뭄의 단비와 같은 프로그램이었다. 평균 시청률도 무려 12%에 육박했다.

"대표님, 부탁 하나만 해도 될까요?"

40대 초반의 메인 작가 박진숙이 현우에게 말을 걸어왔다. 슬쩍 얼굴을 살피니 박진숙의 얼굴이 상기되어 있다.

"네, 편안하게 말씀하세요, 작가님."

박진숙이 송지유를 한번 보고는 다시 현우에게 말했다.

"지유 씨 팬 카페에 인증샷 하나 남겨주시면 안 될까요?"

"인증샷요?"

현우가 묻자 막내 작가들까지 쪼르르 몰려들었다.

"저희 소원이 포털 사이트에 기사 한번 나가는 거예요."

"대표님, 저희 소원 좀 들어주세요. 막내 작가 2년 차인데도 제 주변 사람들은 우리 프로가 뭔지도 몰라요."

"대표님~"

박진숙에 이어 막내 작가들까지 합세해 현우를 졸랐다. 현우가 피식 웃었다.

"뭐 그리 어려운 일도 아닌데 부탁까지 하세요? 당연히 해드려야죠."

박진숙과 막내 작가들의 얼굴이 환해졌다. 현우가 자리에서 일어나 송지유에게로 다가갔다.

"지유야, 셀카 찍어서 팬 카페에 인증샷 좀 남겨줄 수 있을까?"

"알았어요. 그렇지 않아도 팬 카페에 고맙다고 인사 남길 생각이었어요."

찰칵찰칵.

아이보리색 드레스 차림의 송지유가 연달아 셀카를 찍었다. 뒤에서는 김은정이 도시락과 간식을 양손에 들고 활짝 웃고 있었다.

팬 카페 'SONG ME YOU'로 송지유의 셀카와 조공 인증샷이 올라왔다. 무대의상 차림의 셀카에 팬 카페는 난리가 났다. 댓글이 수없이 달리기 시작했다. 송지유의 인증샷이 다른 커뮤니티로 빠르게 퍼져 나갔다.

그리고 불과 30분도 안 되어 포털 사이트로 기사들이 하나 둘 올라오기 시작했다. 박진숙과 막내 작가들이 포털 기사들을 확인하곤 얼떨떨한 얼굴을 했다.

"지유 씨! 대단해요! 벌써 기사들이 떴어요!"

"선배님! 저희 소원풀이 한 거 같아요! 대표님! 지유 씨! 정말 감사합니다!"

다들 감격에 겨워 어쩔 줄을 모르고 있다.

그리고 송지유를 바라보는 작가들의 눈빛이 변했다. 단순히 팬 카페에 인증샷을 남겼을 뿐인데도 화제가 되고, 심지어 포털 사이트로 기사들이 올라왔다. S급 연예인이 가지고 있는 파급력은 이처럼 대단했다.

"저희, 부탁 하나만 더 해도 될까요?"

"얼마든지요."

"실례가 아니면 지유 씨랑 사진 찍어도 될까요?"

현우가 슥 송지유를 살폈다. 송지유가 살짝 미소를 머금으며 고개를 끄덕였다. 막내 작가들이 서둘러 송지유와 셀카를 찍었다. 그리고 박진숙을 따라 대기실을 나갔다.

"자, 우리도 이제 리허설 가야지."

현우는 송지유를 데리고 대기실을 나섰다. 무대로 향하기 전에 사회자 대기실을 먼저 찾았다.

똑똑.

현우는 조심스레 문을 두드렸다.

"들어오세요."

중후하고 깊은 목소리가 들려왔다. 문을 열고 들어가자 반백의 아나운서 김대건이 소파에 앉아 현우와 송지유를 기다리고 있었다.

"어울림 엔터테인먼트의 김현우입니다. 뵙게 되어 영광입니다, 선생님."

"안녕하세요. 신인 가수 송지유입니다, 선생님."

현우와 송지유가 정중하게 고개를 숙여 인사했다.

젊은 세대들에게 잘 알려진 인물은 아니었다. 하지만 김대건 아나운서는 대한민국에 TV 방송이라는 것이 막 자리를 잡기 시작하던 시절부터 청춘을 바친 사람이다. 존경을 받기에 충분한 인물이었다.

온화한 미소와 함께 김대건이 자리에서 일어났다.

"반가워요. 우리 프로그램에 출연을 결정해 줘서 고마워요, 김 대표."

"아닙니다. 저희야말로 영광입니다."

현우와 김대건이 악수를 나누었다. 김대건이 송지유를 살폈다. 그러더니 하하 웃었다.

"지유 양 노래는 잘 듣고 있습니다. 아, 그리고 우리 손녀가 올해 대학교에 들어가는데 지유 양 팬입니다. 손녀 아이가 사인을 부탁했어요."

"사인해 드릴게요, 선생님."

송지유가 김대건이 내미는 종이에 정성스럽게 사인을 해주었다. 송지유의 리허설이 시작되었다. 현우는 늘 그런 것처럼 송지유의 리허설을 지켜보았다.

대기실에 침묵이 내려앉아 있다. 송지유가 두 눈을 감고 있다. 그런데 평소의 송지유와는 미묘하게 무언가가 달랐다. 기다란 속눈썹이 파르르 떨리고 있었다.

절친 김은정도 감히 송지유에게 말을 건네지 못하고 있었다. 오늘 무대의 중요성을 현우도 모르지는 않았다. 하지만 현우가 생각하기에 송지유의 상태가 불안해 보였다.

'좀처럼 떠는 아이가 아니잖아. 왜 그러는 거지?'

문득 송지유를 처음 만났을 때의 기억이 떠올랐다.

'꼭 만나야 할 사람이 있어요.'

송지유가 한 말이다. 하지만 아직까지도 송지유는 이 이야기에 대해서는 좀처럼 입을 열지 않고 있었다.

'언젠가는 속 시원히 말해줄 날이 오겠지?'

현우는 가만히 두 눈을 감고 있는 송지유를 바라보며 아쉬움을 달랬다.

"준비해 주세요!"

조연출이 대기실로 들어와 무대의 시작을 알렸다.

"지유야."

송지유가 조용히 두 눈을 떴다.

"준비됐어요. 이제 가요."

송지유가 자리에서 일어났다.

무대 위에 오르기 전 송지유가 뒤돌아서서 현우를 쳐다보았다.

"잘하고 올게요. 잘할 수 있어요."

스스로에게 다짐하듯 송지유가 말했다.

현우는 그저 묵묵히 고개를 끄덕였다. '가요무대'는 송지유가 처음으로 현우에게 부탁한 스케줄이었다. 무대 위로 올라가는 송지유가 어쩐지 불안해 보였다. 지금이라도 당장 손목을 붙잡고 자초지종을 물어보고 싶었다.

하지만 현우는 애써 마음을 억눌렀다.

마침내 송지유가 무대 위로 올라갔다.

김대건 아나운서가 무대로 먼저 모습을 드러내었다. 관객들의 박수가 쏟아졌다. 무대 뒤편에서 현우는 이를 지켜보고 있었다.

관객석이 꽉 차 있다. 중장년층이 대부분이었다. 이미 스케줄을 알고 있었지만 어르신들을 배려하기 위한 차원에서 송지유의 팬 카페 회원들은 한 명도 보이지 않았다.

김대건 아나운서가 특집을 선포하며 특집 가수로 송지유를 소개했다. 송지유의 등장에 중장년층과 어르신들이 우레와 같은 박수를 보냈다.

현우는 뿌듯했다. 나이가 지긋한 어르신 중에서도 송지유를 알아보는 분들이 제법 있었다.

"안녕하세요. 송지유입니다. 가요무대에서 여러분을 뵙게 되어 영광입니다."

또다시 박수가 쏟아졌다.

"하하, 다행입니다. 관객분들이 우리 지유 양을 참으로 좋아하시는군요. 자, 그래도 관객 여러분에게 우리 송지유 양을 소개해 드려야겠죠? 지유 양은 요즘 젊은 사람들에게 가장 인기가 많은 가수입니다. 그런데 트로트 가수이기도 하죠. 어쩌면 지유 양은 전 세대를 아우를 수 있는 가수가 아닐까 싶습니다."

김대건 아나운서가 온화한 얼굴로 멘트를 마쳤다. 좀처럼 게스트를 칭찬하는 일이 없는 그였기에 제작진도 조금은 놀라고 있었다.

"자, 그럼 우리 송지유 양이 여러분에게 처음으로 들려 드릴 곡은 이숙자 선생님의 명곡 섬마을 아가씨입니다."

추향에게 처음으로 지도를 받을 때 부른 곡이 바로 '섬마을 아가씨'였다.

현우는 관객들을 살폈다. 5, 60대도 있었지만 일흔을 넘긴 고령의 어르신들이 가장 많았다. 현우는 송지유보다 더 긴장되었다.

몇몇 문화 평론가들은 이 세대를 문화 암흑기를 겪은 세대라 칭하며 경원시하기도 했다. 하지만 이는 반은 맞고 반은 틀린 말이었다. 일제 말기와 남북 분단 등 보릿고개를 겪은 이들의 마음을 움직이는 일은 결코 쉽지 않았다. 하지만 반대로 생각하면 이들이야말로 노래에 담긴 정서를 그 어느 세대보다도 깊게 느낀 세대이기도 했다.

그리고 이 시대를 주름잡은 이숙자 등 여러 유명 가수들의 공통점이 있다면 바로 한과 슬픔의 정서가 목소리에 깊게 배어 있다는 것이다.

과연 송지유가 온갖 풍파를 겪어온 이 세대의 마음을 움직일 수 있을지가 관건이었다.

그리고 직접 노래를 부르는 송지유가 이를 모를 리가 없었다. 벌써 감정에 젖어든 송지유가 마이크를 잡았다.

청아하고 아련한 음색이 무대를 채우기 시작했다. 일반 관객들이 서서히 송지유의 목소리에 빠져들고 있었다. 하지만 고령의 세대들은 표정의 변화가 거의 없었다.

현우는 점점 애가 탔다. 어느새 노래가 절정에 달했다. 그리고 노래가 끝나갈 무렵, 몇몇 어르신이 손수건을 꺼내 눈가를 훔쳤다.

'됐다, 됐어!'

현우의 입가로 미소가 지어졌다.

첫 곡인 '섬마을 아가씨'가 끝나고 송지유는 두 번째 곡으로 현우에게 처음 들려주었던 '스무 살 순정'을 불렀다.

송지유의 처연하고 아련한 음색은 '스무 살 순정'에서 더욱 빛이 났다. 어느새 관객들은 송지유에게 흠뻑 빠져 있었다.

일흔을 훌쩍 넘긴 어르신들의 표정으로 조금씩 감정이 엿보였다. 노래 한 소절 한 소절에 집중하고 있는 그 모습이 현우에겐 더없이 경이로워 보였다.

송지유는 무려 네 곡을 더 불렀다. 휴식을 위해 송지유가 대기실로 내려왔다.

"얼른 해줄게!"

김은정이 서둘러 송지유의 메이크업과 의상을 점검했다. 현우는 그 옆에서 송지유의 상태를 살폈다.

"어때? 괜찮아?"

"네, 괜찮아요."

다행이었다. 불안하던 처음과 달리 무대에 완전히 빠져 있었다. 이제 마지막 곡이 남아 있었다.

송지유가 다시 무대로 올라갔다.

"마지막 곡은 여러분에게 처음으로 들려 드리는 곡이에요. 이 곡은 저희 어머니가 만드신 노래예요. 어머니의 꿈이 여기 가요무대에서 노래를 부르는 거였어요. 세상에서 이 노래를 알고 있는 사람은 몇 명 없지만 정말 좋은 노래거든요. 어릴 때 어머니가 불러주시는 이 노래를 듣고 잠이 든 기억이 많아요. 아쉽지만 제목은 없어요. 어머니가 제목을 남겨주시지 않았거든요. 죄송해요. 그럼 노래 들려 드릴게요."

송지유가 직접 마지막 곡을 소개했다. 전주가 흘러나왔다. 트로트와 발라드가 묘하게 섞인 블루스 스타일의 곡이었다.

'어머니의 노래라고 했지.'

며칠 전 송지유가 현우에게 부탁을 해왔다. 마지막 곡으로 어머니가 만든 노래를 부르고 싶다고 말이다. 곡을 들어본 김정호와 오승석도 찬성을 했고, 송지유가 처음으로 하는 부탁에 현우는 흔쾌히 수락했다.

'신기한 일이야.'

송지유의 어머니가 만든 노래이기 때문일까. 어쩌면 종로의 봄보다도 송지유의 음색과 잘 어울렸다. 마치 자장가 같았다. 편안하고 부담 없는 노래였다.

"······!"

무대를 지켜보던 현우의 얼굴이 어느 순간 굳었다. 송지유가 눈물을 머금고 있었다. 음정도 조금씩 흔들렸다. 하지만 다행히도 그 점이 관객들을 사로잡고 있었다.

덩달아 마음이 울렁거렸다. 그리고 애써 억누르고 있던 의문이 강하게 일었다. 가수를 꿈꾸던 어머니가 만든 곡이라는 말 이외에는 그 어떠한 말도 해주지 않았다.

'대체 무슨 사연이 있는 걸까?'

송지유가 눈물을 머금고 있기 때문일까. 조금 전 마음을 정리했건만 다시 마음이 복잡해졌다.

그사이 묘한 여운을 남기며 송지유가 노래를 마쳤다. 감정을 추스른 송지유가 다시 마이크를 잡았다.

"제 노래를 들어주셔서 정말 감사합니다. 하늘에 계시는 저희 어머니도 정말 기뻐하실 거라고 믿어요. 그리고 한 가지 더 말씀드리고 싶은 것이 있어요."

관객들이 송지유에게 집중하고 있었다.

"다양한 음악 장르를 경험해 보고 싶어요. 어쩌면 트로트는 오늘 가요무대를 끝으로 한동안은 보여드리지 못할 거 같아요. 하지만 언젠가는 다시 트로트를 부를 날이 올 거라 믿어요. 오늘 무대에 함께해 주셔서 정말 감사합니다."

송지유가 꾸벅 고개를 숙였다.

가요무대 녹화도 끝이 났다.

그리고 그날 대한민국 연예계가 발칵 뒤집어졌다.

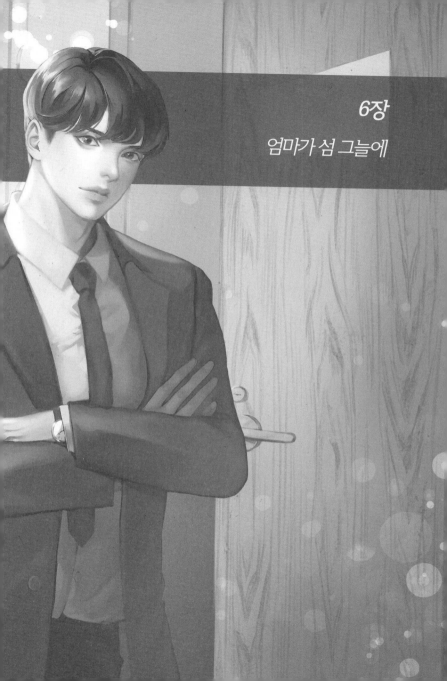

6장
엄마가 섬 그늘에

[송지유! 가요무대를 통해 기습 컴백!]
[가요무대 송지유 특집 시청률 22% 기록!]
[얼음 여왕 송지유, 드디어 복귀하나?!]

포털 사이트에 송지유와 관련된 기사들이 쏟아졌다. 그중
에서도 기사 하나가 대중들의 관심을 독차지하고 있었다.

[송지유, 트로트 아닌 새로운 음악 장르 도전을 선언?!]
얼음 여왕 송지유가 KBN의 장수 프로 가요무대를 통해 오

랜만에 모습을 드러내었다. 이날 송지유의 특집으로 꾸며진 가요무대는 시청률 22%를 기록하는 등 수많은 화제를 낳았다. 특히 마지막 곡으로 부른 노래는 어릴 적 병마로 세상을 떠난 송지유의 어머니가 작곡한 노래로 대중들의 호기심과 관심을 자극하고 있다. 무엇보다 무대 말미, 송지유는 새로운 음악에 도전하겠다며 소감을 밝혔고, 지금 대한민국의 시선은 그녀의 선택을 주목하고 있다.

　─새로운 음악 장르가 과연 뭘까? 발라드? R&B? 궁금해 죽겠다! 김현우 대표님, 힌트 좀 주세요! ㅋㅋ (공감1,423/비공감76)

　─ㄹㅇ역대급 무대였음. 우리 집은 3대가 둘러앉아서 가요무대 봄. 거의 콘서트 수준이었음. 진짜로. (공감1,197/비공감48)

　─여왕님이 돌아오셨다! 찬양하라! (공감996/비공감80)

　─가요무대 재방 언제하나요? ㅠㅠ (공감874/비공감93)

　─새 앨범 곧 나오는 건가 보네. 으으으! 기대된다! ㅋ (공감811/비공감75)

　포털 사이트도 그랬고 여러 커뮤니티도 송지유의 결정을 대체로 존중해 주고 있는 분위기였다.

　다만 몇몇 음악 평론가는 송지유의 도전에 부정적인 칼럼들을 내놓고 있었다.

[송지유의 도전은 과연 올바른 선택이었을까?]

올해 가장 큰 사랑을 받은 연예인을 꼽자면 거의 대부분의 사람들은 송지유를 말할 것이다. 세미 트로트란 음악 장르를 들고 나와 큰 반향을 일으킨 송지유이다. 타이틀곡 '종로의 봄'은 무려 1개월간 음원 차트 1등을 지켰으며, 지금도 차트 20위권 내에 머물러 있는 기적을 보여주고 있다. 댄스와 발라드, R&B로 치중된 대한민국 가요계에서 스무 살 소녀는 고요한 냇가에 던져진 조약돌과도 같았다. 그런 송지유가 트로트가 아닌 외유를 선택했다. 음악을 즐기고 사랑하는 나의 입장에서는 상당히 서운할 수밖에 없는 일이다. 댄스? 발라드? R&B? 대중들은 송지유의 선택을 과연 반겨줄 수 있을까? 아니, 나는 기대보다는 염려가 된다. 스무 살 소녀에게 너무 뻔해 보이는 도전은 득보단 실이 더 많지 않을까?

현우는 칼럼을 빤히 들여다보고 있었다. 자연스레 댓글에 시선이 갔다.

―WE TUBE에서 일본 공연 영상 안 보신 분? (공감1,751/비공감 137)

―Fly Me To The Moon을 그 정도로 부를 실력이면 다른 장르도 충분히 도전해도 되지 않음? 트로트도 좋긴 한데 솔직히 재능

낭비 아님? (공감1,508/비공감211)

　—저도 조금 아쉽긴 합니다. 하지만 평론가님 칼럼은 조금 편향적이네요. 스무 살 소녀에게 뻔해 보이는 도전이라는 표현은 좀 그렇지 않습니까? 오히려 스무 살이니까 더 많은 것에 도전해 봐야 하지 않겠어요? 그리고 송지유가 세미 트로트로 대박을 치면서 요즘 신인 가수 중에 세미 트로트를 부르는 가수들도 많아졌습니다. 그리고 송지유 덕에 트로트라는 장르에 대한 인식도 좋아졌죠. 초등학교 다니는 우리 딸아이도 운동회 때 송지유 노래를 불렀습니다. 그만큼 전 세대에 걸쳐 트로트라는 장르에 인식의 변화를 가져온 가수가 송지유라는 거죠. 전 송지유 씨의 새로운 도전을 기대하고 있습니다. (공감1,473/비공감38)

　"후우, 다들 너무 고마운데."

　현우는 안도의 한숨과 함께 마음을 놓았다. 사실 가요무대에서 송지유가 새로운 음악에 도전하겠다는 결정을 공표한 후부터 현우는 내심 걱정을 했다.

　'종로의 봄'이라는 곡으로 많은 사랑을 받은 만큼 아쉬워하는 대중도 많을 거라는 생각을 했기 때문이다. 하지만 대중들은 송지유의 결정을 존중해 주며 기대하고 있었다.

　그리고 이 모든 것이 송지유가 대중에게 많은 사랑을 받고 있다는 증거이기도 했다.

시계를 보니 대충 시간이 맞아떨어졌다.

철컥.

낡은 승용차에서 현우가 내렸다.

"슬슬 가볼까."

주차장을 벗어나 현우는 서울 역으로 들어섰다. 전광판을 살펴보니 부산 역에서 출발한 KTX 열차가 5분 후에 도착한다며 빛을 발하고 있었다. 출퇴근 시간이 지나 다행히 사람은 많지 않았다. 그래도 알아보는 사람이 있을까 싶어 현우는 검은색 모자를 깊게 눌러썼다.

에스컬레이터를 타고 내려가 6번 플랫폼에서 열차를 기다렸다. 잠시 후 뜨거운 바람이 일며 열차가 나타났다.

'왜 떨리는 거지?'

괜스레 가슴이 두근거렸다. KTX 열차의 문이 열리며 승객들이 쏟아져 나왔다. 현우는 꼼꼼히 승객들을 살펴보았다. 그런데 이상하게도 만나기로 한 사람들이 보이지 않았다.

콕콕.

누군가가 현우의 어깨를 찔러왔다. 황급히 뒤를 돌아보니 고등학생으로 보이는 소녀 한 명이 손을 흔들고 있었다.

"김현우 대표님 맞으시죠?"

"네, 맞습니다."

순간 현우의 눈동자가 커졌다. 눈앞의 소녀는 송지유와 흡사한 분위기를 가지고 있었다.

"혹시?"

"네. 지유 언니 동생이에요. 말 편하게 하세요."

"그럴까요? 음, 네가 유라구나?"

"네! 안녕하세요, 대표님?"

송유라가 꾸벅 고개를 숙였다. 분위기는 흡사했는데 송지유와는 성격이 전혀 달라 보였다. 그리고 송지유의 동생답게 상당히 예뻤다. 에스컬레이터로 걸어가던 남자들이 흘깃 송유라를 쳐다보고 갈 정도였다.

"그래, 반갑다. 김현우라고 해. 지유한테 이야기 들었지?"

"네, 자주 들었어요."

현우를 보는 송유라의 표정이 어딘가 묘했다.

"참! 잠시만요!"

송유라가 플랫폼 기둥 뒤로 가더니 여행 가방과 함께 나이가 지긋해 보이는 할머니의 손을 잡고 나타났다.

"안녕하십니까? 지유를 데리고 있는 어울림 엔터테인먼트의 김현우라고 합니다, 할머님!"

반사적으로 현우는 머리를 숙였다. 문득 따뜻한 손길이 느껴졌다. 세월이 묻어나는 두 손이 어느새 현우의 손을 꼭 잡고 있었다.

현우는 송지유의 외할머니를 살펴보았다. 70이 훌쩍 넘은 나이에도 기품이 넘쳐 보였다. 과연 송지유의 외할머니답다는 생각이 들었다.

"지유랑 유라 외할머니 김윤희예요. 우리 지유를 잘 보살펴 주셔서 정말 감사합니다, 대표님."

"아닙니다. 오히려 지유가 저를 보살펴 주고 있다는 표현이 더 맞습니다. 그리고 말씀 편하게 하세요, 할머님."

"아니에요. 어떻게 그래요?"

"지유 할머님이면 저한테도 할머님이나 마찬가지입니다."

현우가 빙긋 웃어 보였다.

송유라와 외할머니 김윤희를 태운 승용차가 홍인대학교 기숙사 앞에서 멈추었다. 송지유가 벌써 마중을 나와 있었다.

"언니!"

송유라가 송지유의 품으로 뛰어들었다.

"진짜 보고 싶었어! 잘 지냈지?"

"응, 잘 지냈어."

"너무 설레서 어제 한숨도 못 잤어."

송유라가 눈물을 글썽이고 있다. 그에 반해 송지유는 감정의 변화가 거의 없어 보였다. 하지만 현우는 송지유가 지금 어떤 심정인지를 잘 알고 있었다. 송지유가 따듯한 눈길로 동생을 바라보고 있었기 때문이다.

송지유의 시선이 외할머니 김윤희에게로 향했다.

"할머니."

송지유가 김윤희를 꼭 껴안았다.

"내 새끼, 혼자 서울 살이 하느라고 고생이 많았지?"

"아니에요. 부산에도 못 가보고 죄송해요."

"아니다. 학교도 다니고 방송국도 가야 하는데 얼마나 바빴을꼬? 장하다, 내 새끼."

"할머니, 우리 언니 진짜 연예인 같지 않아? 선글라스 끼고 있으니까 진짜 멋있다."

가족 상봉을 지켜보며 현우는 코끝이 찡했다.

*   *   *

고급 한정식 집에서 아침 겸 점심 식사가 이루어졌다. 저번 이장호 회장과 만났을 때 온 바로 그 한정식 집이었다.

커다란 상 위로 다양한 음식이 한가득 펼쳐져 있다.

그리고 현우는 상당히 난처한 상황에 놓여 있었다. 밥공기와 접시 위로 몸에 좋다는 음식이 한가득 쌓여 있었다.

아무리 젓가락을 놀려도 고개를 들면 다시 음식이 쌓여 있었다.

"어쩜 그리도 맛있게 잘 먹을까?"

김윤희가 현우를 보며 흡족한 얼굴을 하고 있었다. 현우는 그저 하하 웃었다. 배가 불러 터질 것만 같았다.

"할머님도 드세요. 저 챙겨주시느라 식사도 제대로 못 하실까 걱정입니다."

"아니에요. 우리 현우 대표님이 건강해야 우리 지유도 행복하고 좋지 않겠어요?"

"예?"

"할머니!"

현우와 송지유가 동시에 화들짝 놀랐다. 송지유의 얼굴이 홍당무처럼 붉어져 있다.

"내가 말실수했니, 지유야?"

"아니에요, 할머니."

송지유답지 않게 고개를 폭 숙이고 있었다. 그리고 그 모습에 송유라가 간신히 웃음을 참고 있다.

"할머니, 언니 얼굴 봤어? 진짜 빨개졌어."

"조용히 해, 송유라."

송지유가 슥 노려보자 송유라가 얼른 고개를 돌렸다.

묘한 분위기에 현우도 좌불안석이었다. 송지유는 아무런 말 없이 식사만 했고, 송유라는 입가에 미소를 머금은 채 자꾸만 이쪽을 보고 있었다.

김윤희는 계속해서 몸에 좋은 건강식을 챙겨주며 현우를 살펴보고 있었다.

그렇게 화기애애하면서도 묘한 분위기 속에서 식사가 끝이
났다.

현우는 송지유와 가족들을 데리고 마포구의 신축 아파트
단지로 들어섰다.

"언니, 이제 우리 여기서 같이 사는 거야?"

고급 아파트 단지를 둘러보며 송유라가 눈동자를 반짝이고
있다. 한눈에 봐도 제법 가격이 있어 보이는 아파트였다.

"지유가 열심히 돈 벌고 모아서 가장 먼저 산 게 이 아파
트야."

"정말요?"

"그래. 완공이 늦어지는 바람에 마음고생도 제법 했을 거야."

"언니, 진짜 고마워."

송유라가 또 눈물을 글썽였다. 송지유는 그런 송유라의 머
리를 쓰다듬기만 했다. 승용차가 주차장에서 멈추었다. 현우
는 송지유의 선글라스와 모자를 챙겨 승용차에서 내렸다.

송지유가 구입한 아파트는 뒤편에 작은 정원이 딸린 1층이
었다.

시골에서 올라온 할머니가 적적하실까 작은 정원이 딸린 1층
을 구입한 것이다.

정원을 둘러보는 내내 김윤희는 손수건으로 눈물을 훔쳤
다. 어린 줄만 알았던 손녀딸이 너무 고맙고 대견했기 때문

이다.

정원을 지나서 집 안으로 들어갔다. 방 네 개에 화장실이 세 개, 그리고 옷 방까지 따로 있을 정도로 평수가 넉넉했다.

"마음에 드십니까, 할머님?"

현우와 송지유가 무려 한 달이라는 시간 동안 발품을 팔며 알아본 집이 바로 이곳이었다. 김윤희가 현우와 송지유의 손을 하나씩 잡았다.

"우리 큰손녀가 정말 고생이 많았다. 현우 대표님도 고마워요. 이제 살날도 얼마 남지 않았는데 내가 다 늙어서 이런 호강을 다 해보네요."

"할머니, 그런 말은 하지 마세요. 오래오래 사셔야 하잖아요. 네?"

결국 송지유가 참고 있던 눈물을 흘렸다.

처음 보는 송지유의 눈물에 현우는 마음이 찢어지는 것 같았다. 어느새 송유라도 눈물을 흘리고 있었다.

다른 사람들이 본다면 아파트 하나 산 거 가지고 호들갑을 떤다고 말하겠지만, 사정을 알고 있는 현우는 마음이 짠했다.

불과 몇 개월 전까지만 해도 송지유의 외할머니는 시골 시장에서 자그마한 국밥집을 하며 간신히 두 손녀를 키워왔다.

'그동안 너무 무심했나.'

갑자기 부모님 생각이 났다. 오늘 타고 온 낡은 승용차도 아버지의 차였다. 그동안 이것저것 바쁘다는 핑계로 가족들에게 소홀했다는 생각이 강하게 들었다.

'조만간 효도 좀 해야겠는데.'

현우는 나서기 전 집 안 이곳저곳을 꼼꼼하게 점검해 보았다. 수도도 잘 나왔고 보일러나 에어컨도 제대로 작동되었다. 마지막으로 도어락까지 점검하고 떠날 채비를 했다.

그런데 김윤희가 크게 아쉬워했다.

"현우 대표님, 저녁 먹고 가요. 내가 얼른 시장 다녀올게요. 삼계탕 먹고 가요."

"아닙니다. 새벽부터 서울까지 올라오셨는데 쉬셔야죠. 아까 한정식 집에서 이것저것 챙겨주셔서 든든합니다."

"그래도 내가 고맙고 아쉬워서 그래요."

"하하, 그럼 내일 해주세요. 저녁때 잠깐 들르겠습니다. 그리고 말씀 편하게 하세요. 정말 괜찮습니다."

"아니에요. 우리 지유 은인인데 예의는 지켜야 해요."

"은인은 지유가 은인이죠. 저는 아무것도 한 게 없습니다. 그럼 제가 더 편해지시면 언제든지 말씀 편하게 하세요."

현우의 시선이 송지유에게로 향했다.

"오늘은 회사 오지 말고 할머님이랑 유라랑 푹 쉬도록 해."

"알겠어요. 고마워요."

"고맙긴. 아, 혹시 무슨 일 생기면 바로 전화하고."

"네."

송지유가 고개를 끄덕거렸다.

"그럼 가보겠습니다."

현우가 김윤희에게 꾸벅 고개를 숙였다. 현우가 문을 열고 나가자 송유라가 송지유에게 작게 속삭였다.

"언니가 진짜 눈이 높구나. 나는 합격."

"쓸데없는 소리 하지 마."

송지유가 송유라에게 눈을 흘겼다. 하지만 입가로는 희미한 미소가 지어져 있었다.

*   *   *

마포구에서 연남동은 그리 멀지 않았다.

하지만 어울림으로 돌아와 보니 회의 시간이 10분이나 지나 있었다.

"죄송합니다! 조금 늦었습니다!"

"아니에요. 현우 씨가 오늘 고생 많았어요. 지유 할머님이랑 동생은 잘 만나고 왔어요?"

추향이 따듯한 미소로 현우를 반겼다.

"예. 식사도 같이하고 아파트도 들여다보고 오는 길입니다."

"호호, 지유 할머님이랑 동생이 보고 싶긴 하네요."

"그렇지 않아도 내일 저녁에 잠깐 들를 생각인데 같이 가시죠."

"그래요. 그렇게 해요."

숨을 고르고 현우는 좌중을 살펴보았다.

어울림이 자랑하는 전속 작곡가 김정호와 요즘 한창 주가를 올리고 있는 신예 작곡가이자 프로듀서인 오승석, 그리고 친구이자 든든한 오른팔인 손태명, 거기다 새롭게 매니저로 합류한 최영진까지 보였다.

믿을 수 있는 사람들이었기에 더욱 힘이 났다.

"그럼 회의를 시작해 볼까요?"

"현우야, 그전에 우리 축하할 일이 하나 있어."

손태명의 말에 현우가 씩 웃었다. 손태명도 현우를 따라 씩 웃었다.

"네가 직접 말할래?"

"그럴까, 그럼?"

"현우 형님, 무슨 일인데 그러세요?"

새 식구인 최영진 혼자 어리둥절한 표정을 하고 있었다. 잠시 뜸을 들이다가 현우가 입을 열었다.

"지유 디지털 싱글 앨범 음원 수익이 드디어 정산되었습니다."

3층 사무실로 긴장감이 어렸다. 현우가 아직 정확한 액수를 말해주지 않았기 때문이다.

"어, 얼마인데요?"

최영진이 궁금함을 이기지 못하고 물었다. 현우가 장난스러운 얼굴을 하며 손가락 두 개로 브이 자를 내밀어 보였다.

"2, 2억요?"

"아니. 20억."

최영진이 손에 들고 있던 아이스 커피를 툭 떨어뜨렸다.

"지, 진짜 20억이에요?"

최영진이 입을 다물지 못했다.

메가 히트곡 '종로의 봄'다운 위엄이었다.

물론 코코넛 같은 서비스 사업자가 40%를 가져가고, 유통사이자 제작자인 어울림 엔터테인먼트는 44%를 가져간다.

거기다 실연자 송지유와 제작자 김정호가 각각 6%와 10%를 나누어 갖는다. 당연히 세금도 따로 내야 한다.

이렇듯 복잡한 분배 과정을 거치면 수익은 크게 줄어든다. 하지만 음원 수익으로 총 20억의 매출을 올렸다는 사실 하나만으로도 어울림 엔터테인먼트와 송지유가 가지게 될 상징성은 실로 엄청났다.

규모와 역사 면에서는 3 대 기획사에게 밀릴지 몰라도 그 내실과 역량만큼은 결코 밀리지 않는다.

이것이 앞으로 어울림 엔터테인먼트가 연예계 관계자들에게 들을 수 있는 최소한의 평가였다.

"디지털 싱글 앨범이 대박을 친 이상 대중들은 이번 지유의 후속 앨범에 엄청난 기대를 걸고 있을 겁니다. 우리 어울림 입장에서는 부담스럽기만 한 상황이죠. 지유가 새 장르를 개척하겠다는 말도 했고, 또 대박을 쳐봐야 우리 어울림 입장에서는 본전이니까요."

잔뜩 달아올라 있던 분위기가 숙연해졌다. 그리고 그 누구보다도 김정호와 오승석의 어깨가 무거웠다.

"정호 형님이랑 승석이한테 모든 짐을 지게 할 생각은 없습니다."

"누구 섭외한 작곡가라도 있는 거야? 혹시 최정민 선배?"

이명훈과 달리 오승석과 후배 작곡가들을 진심으로 챙겨준 이가 바로 작곡가 최정민이었다.

"물론 최정민 선생님한테도 한 곡 정도는 살 거야. 약속도 있고 하니까. 근데 한 분이 더 있어."

"누군데?"

"장성률."

순간 오승석이 멍한 얼굴을 했다. 놀라기는 김정호도 마찬가지였다. 아니, 장성률을 알고 있는 사람이라면 다들 오승석과 같은 반응을 보이고 있었다.

"그분이 지유한테 곡을 주겠다고 했다고? 정말이야?"

"현우 씨, 정말 믿기지가 않네요."

오승석과 김정호는 현우의 말을 쉽사리 믿지 못했다.

장성률. 1992년 열일곱 살 때 얼굴 없는 가수로 데뷔하여 특유의 깊고 울림 있는 음악으로 큰 반향을 불러일으킨 싱어송라이터였다. 2년, 혹은 3년에 한 번꼴로 명곡을 발표하는 것을 제외하곤 대외적인 활동은 전무했다.

지금까지 수많은 가수들이 장성률에게 곡을 받으려고 했지만, 장성률이 곡을 내어준 가수는 단 한 명도 존재하지 않았다.

그런데 그런 장성률이 송지유에게 곡을 주고 싶다고 연락이 왔다.

오승석과 김정호가 이런 반응을 보이는 게 당연했다.

"어떻게 그분한테서 연락이 온 거야?"

문득 손태명이 현우에게 물었다. 현우가 어깨를 으쓱하며 입을 열었다.

"지유 팬이라고 하시더라. 가요무대 보고 바로 연락해야겠다고 생각하셨다는데?"

"진짜 갓 지유다, 갓 지유."

오승석이 너털웃음을 흘렸다. 장성률이 송지유의 팬이라는데 더 이상 할 말이 없었다.

"엄청 기대된다. 장성률 선배가 과연 어떤 곡을 줄지."

"그렇지 않아도 내일 작업실로 찾아가서 뵙기로 했어."

"그래요, 현우 씨?"

현우가 빙긋 웃었다. 늘 조용하던 김정호가 큰 관심을 보이고 있었다.

"정호 형님도 같이 가시겠어요?"

"그래도 될까요?"

"물론이죠."

슥 고개를 돌려보니 오승석이 아쉬운 표정을 하고 있다.

"승석이 너도 가자."

"그, 그래?"

오승석이 환하게 웃었다.

*   *   *

초록색 봉고차가 경기도 가평 근처의 전원주택 앞에 멈추어 섰다.

철컥.

문이 열리고 현우와 송지유, 그리고 오승석과 김정호가 모습을 드러내었다.

현우 일행은 숲 속에 덩그러니 자리 잡고 있는 3층짜리 전원주택을 살펴보았다. 울타리가 길게 둘러져 있고 고즈넉한 분위기가 숲 속과 잘 어울렸다.

끼익.

울타리 문이 열리고 장성률이 레브라도 두 마리와 함께 나타났다. 청바지에 검은색 라운드 티셔츠 차림의 장성률은 초록색 장화를 신고 있었다.

현우는 천천히 장성률을 살펴보았다. 검은색 뿔테 안경이 유난히 잘 어울리는 장성률은 서른여섯 살이라는 나이에 맞지 않게 상당히 동안이었다.

"하하, 텃밭을 가꾸다가 왔거든요. 장성률입니다. 반가워요."

장성률이 부드러운 미소와 함께 현우 일행을 반겼다.

"어울림 엔터테인먼트의 김현우입니다. 만나 뵙게 되어 영광입니다."

"작곡가 오승석입니다."

"김정호입니다. 어울림에서 노래를 만들고 있습니다."

"TV에서나 보던 분들을 실제로 보니까 신기한데요? 김 대표님은 화면보다 실물이 훨씬 낫네요. 그리고 승석 씨가 작곡한 소녀는 무대 위에 잘 듣고 있습니다. 종로의 봄도 잘 듣고 있습니다."

장성률은 현우는 물론이고 오승석과 김정호에 대해서도 잘 알고 있었다. 그리고 장성률의 시선이 송지유에게로 향했다.

"안녕하세요. 송지유입니다, 선배님."

송지유가 꾸벅 고개를 숙였다.

"드디어 지유 씨를 만나게 되었군요."

장성률의 입이 귀에 걸렸다. 송지유를 바라보는 장성률의 눈동자가 몽롱했다. 그 표정이 너무 순수해서 현우는 그냥 지켜보기만 했다.

멍멍!

레브라도 두 마리가 송지유에게 달라붙어 연신 꼬리를 흔들었다.

"하하! 우리 아이들도 지유 씨가 좋은가 본데요?"

장성률이 크게 웃었다.

현우 일행은 장성률을 따라 울타리 너머 저택으로 들어갔다. 넓은 마당에 꽃과 분재가 가득했다.

저택 내부는 심플하고 클래식한 느낌이 들었다. 장성률의 작업실은 3층에 위치해 있었다.

"작업실이 정말 좋은데요, 선배님?"

오승석이 부러움이 가득한 눈길로 장성률의 작업실을 둘러보았다. 숲 속의 저택에 초고가의 장비들로 가득한 작업실이라니, 상당히 이색적이었다.

"그래요? 내가 자랑할 수 있는 게 이 작업실 하나뿐이긴 해요. 기다려요. 간단하게 차라도 내올게요."

장성률이 찻잔과 도자기로 된 다기를 들고 돌아왔다. 작업실로 구수하고 향긋한 보이 차 향기가 퍼져갔다.

현우는 차를 음미하며 작업실을 살펴보았다. 그림과 각종 앨범이 빼곡했다.

그리고 한쪽에는 아이들이나 좋아할 법한 장난감과 피규어가 가득했다.

'생각 자체가 순수하고 자유로운 사람이구나. 하긴 그러니까 그렇게 훌륭한 명곡들을 만들 수 있었겠지.'

장성률에 대한 현우의 첫인상이다.

"지유 씨, 어떠세요? 차가 입맛에 맞으세요?"

"네. 향기롭고 좋은 거 같아요, 선배님."

그러다 문득 이상함을 느낀 송지유가 고개를 갸웃했다. 현우도 이상함을 느꼈다.

순간 정신이 번쩍 들었다. 그러고 보니 장성률이 송지유에게 극존칭을 쓰고 있었다. 현우와 송지유가 동시에 장성률을 쳐다보았다.

당황함으로 가득한 시선이 쏟아지자 장성률이 머리를 긁적였다. 뭐라고 설명을 해야 할지 참 난감했다.

멍멍!

레브라도 두 마리가 대답을 재촉하듯 짖었다.

"지유 씨 팬이기도 합니다만, 사실 지유 씨를 보고 저만의 뮤즈를 찾은 것 같았습니다. 그래서 말을 함부로 놓기도 좀 그렇고 해서……."

장성률이 볼을 긁적이며 괜스레 강아지들의 머리를 헝클어 놓았다. 평범한 사람이 듣는다면 이해 못 할 말이었지만 김정 호는 달랐다.

"이해합니다. 저도 지유를 처음 봤을 때 뭔가 묘한 감정을 느꼈거든요. 이성적인 감정은 아닌데 심장이 뛰고 꿈속에 있 는 것 같고 그랬습니다. 막 영감도 떠오르고 말이에요."

"정호 씨도 지유 씨한테 푹 빠진 거죠? 그렇죠? 나만 그런 게 아니었구나. 사실 평소에 지유 씨를 좋아하기는 했습니다. 그렇다고 열렬한 극성팬까지는 아니지만요."

"……."

"……."

설득력이 전혀 없었다. 작업실 컴퓨터 바로 옆에 송지유의 입간판이 두 개나 놓여 있었다.

"풋."

송지유가 결국 웃음을 흘렸다. 현우는 간신히 웃음을 참았 다. 전설적인 작곡가이자 가수인 장성률은 생각하던 이미지 와는 너무나도 달랐다.

"이거 다 들켜 버렸네요. 하하!"

장성률이 아예 포기를 하고 부드럽게 웃었다.

"우리 지유를 좋아해 주셔서 정말 감사합니다."

현우가 정중히 고개를 숙이며 감사를 표시했다. 가요계의 입지전적인 인물인 장성률이 송지유에게 곡을 주는 것도 모자라 이렇게 송지유를 팬으로서 좋아해 주고 있었다.

"아닙니다. 아니에요."

장성률이 손사래를 쳤다. 그러더니 작업실 의자로 가 앉았다.

"지유 씨를 보자마자 이 노래를 들려주고 싶었습니다. 더는 참을 수가 없네요. 지유 씨, 한번 들어보시겠습니까?"

허술한 느낌이던 장성률의 분위기가 일순간 달라졌다. 송지유가 고개를 끄덕거렸다.

"감사히 듣겠습니다, 선배님."

"떨리네요. 과연 지유 씨가 마음에 들어 할지."

장성률이 곡을 재생시켰다. 전주가 흘러나오자마자 현우는 깜짝 놀라며 송지유를 살폈다.

익숙한 멜로디였다. 가만히 두 눈을 감고 있던 송지유의 속눈썹이 파르르 떨리고 있다. 작고 새하얀 손은 어느새 주먹을 쥐고 있었다.

전혀 예상하지 못한 돌발 상황이었다. 현우는 송지유가 걱정되었다. 장성률이 들려주고 있는 이 멜로디는 송지유의 어머니가 만들었다는 제목 불명의 곡이었다.

그런데 곡이 달라져 있었다. 가요무대에서 송지유가 부른

이 곡은 제목도 없었지만 그림으로 비유하자면 흰 캔버스에 스케치만 흐릿하게 남겨놓은 상태였다.

즉 미완성의 곡이었다. 현우는 처음에 이 곡을 들었을 때 그저 잔잔한 자장가 같다고 느꼈을 뿐이다.

하지만 장성률은 스케치뿐이던 캔버스에 선과 색을 채워 넣어주었다.

선과 색이 채워지자 곡에서 깊은 감정이 느껴지기 시작했다. 여전히 잔잔했지만 묘하게 마음을 울렸다.

후렴구가 나오자 잠시 재생을 멈추고 장성률이 송지유를 쳐다보았다. 선생님에게 숙제 검사를 받는 아이처럼 장성률은 들떠 있었다.

"어때요? 마음에 들어요, 지유 씨?"

"……."

송지유가 스르르 두 눈을 떴다. 도무지 무슨 생각을 하는지 송지유는 무표정했다. 장성률은 잔뜩 긴장하고 있었다. 현우도 마찬가지였다.

송지유가 입술을 깨물었다. 조금씩 눈동자가 붉어졌다. 현우가 송지유의 옆으로 다가갔다.

"지유야."

"괜찮아요."

그렇게 말하곤 송지유가 아련한 얼굴을 했다. 뭐랄까. 옛 추억에 젖어 있는 것 같았다. 그렇게 한참이나 감정에 젖어 있던 송지유가 마침내 입을 열었다.

"제가 한번 불러봐도 될까요, 선배님?"

"당연하죠. 그 대답을 기다리고 있었습니다."

장성률이 긴장을 풀고 다시 곡을 재생시켰다.

그 밤, 그날의 우리를 떠올려요

그날, 가을밤의 우리는 사라졌지만

눈을 감고 그날의 가을밤을 기억해요

떨어지던 빗소리

흩날리던 낙엽들

가로등 아래 그대 숨소리

그리고 그대 뒷모습

그 밤, 그날의 편지를 꺼내 봐요

송지유의 어머니가 남긴 가사는 여기까지였다.

송지유가 허밍으로 가사를 메워갔다.

송지유의 아련하고 청아한 음색이 장성률의 편곡을 거친 곡과 합쳐지자 짙은 그리움의 감정과 추억에 젖은 처연함의 감정이 짙게 느껴졌다.

장성률이 진열되어 있던 클래식 기타를 들고 의자에 앉았다.

잔잔하고 서정적인 멜로디에 클래식 기타의 선율이 더해지자 감정이 더욱 깊어졌다.

　송지유와 장성률. 가요계 선후배가 함께 미완성의 곡을 완성해 나가고 있었다. 그리고 그 모습을 지켜보던 현우는 등으로 소름이 돋았다.

　'이거다!'

　어쩌면 이 곡이 '종로의 봄'에 이은 송지유의 대표곡이 될 수도 있다는 생각이 강하게 들었다. 그 사이 노래가 끝이 났다.

　송지유는 여운에 젖어 있었다.

　그리고 그런 송지유를 바라보고 있는 장성률도 쉽사리 클래식 기타를 내려놓지 못하고 있었다.

　송지유가 처음 보는 낯선 사람에게 미소를 보이고 있었다. 선후배 간에 음악적인 교감을 나눈 것이다. 현우는 그런 송지유가 기특했다.

　기타를 내려놓고 장성률이 머리를 긁적였다.

　"지유 씨한테 사과부터 하겠습니다. 돌아가신 어머니가 남긴 유작이라고 하셨죠? 가요무대를 보고 오랜만에 영감이 떠올라서 실례인 줄 알면서도 곡을 좀 만져봤습니다. 지유 씨, 혹시 기분 상했다면 정말 미안해요."

　"아니에요. 사실 어머니가 남기신 곡이 미완성이라 언젠가는 제가 곡을 완성시켜 볼 생각이었어요. 그런데 선배님께서 너무 훌륭하게 곡을 만들어주셨어요. 하늘에 계신 저희 어머니도 이 노래를 들으셨을 거예요. 그리고 기뻐하셨을 거예요."

송지유가 눈물을 글썽였다. 장성률이 그런 송지유를 대견한 표정으로 바라보다 입을 열었다.

"이 곡은 지유 씨한테 그냥 드리겠습니다."

"선배님?"

송지유가 눈을 동그랗게 떴다. 현우도 놀랐다. 거의 스케치 정도에 불과한 곡이었다. 곡을 완성한 사람은 장성률이라고 해도 과언이 아니었다.

"그건 아니라고 봅니다. 저희 어울림에서 정당하게 대가를 지불하겠습니다."

현우의 말에 장성률이 강아지들의 목덜미를 쓰다듬으며 고개를 저었다.

"아닙니다. 다 알려진 마당에 숨길 것도 없죠. 팬심으로 지유 씨한테 선물하는 거라고 생각해 주세요. 저는 그게 마음이 편합니다."

"하지만 형평성에 맞지가 않습니다."

절대 자신의 곡을 다른 가수에게 주지 않기로 유명한 장성률이 심지어 곡을 선물로 주겠다는 말하고 있다.

당황스러웠다.

공짜로 곡을 받기도 난감했고, 그렇다고 가요계의 거목인 장성률의 호의를 계속해서 거절할 수도 없었다.

"형평성이라. 하하, 김 대표님. 제가 사람이 좋을지는 몰라도 음악적인 면에 있어서는 완벽주의자로 유명합니다."

"완벽주의자는 무슨, 성률이 너는 음악적 결벽증 환자야, 환자."

갑자기 계단 쪽에서 낯선 목소리가 들려왔다. 푸근한 인상에 마찬가지로 안경을 쓰고 있는 40대 초반의 사내였다.

그리고 현우 일행은 단번에 그가 누군지를 알아보았다.

김동철. 80년대 중후반부터 90년대 초반까지 발라드 열풍을 선도한 싱어송라이터 중 한 명이었다.

요즘에 와서는 장성률과 마찬가지로 대외 활동을 거의 하지 않기로 유명한 가요계의 유명 인사였다.

장성률이 습관적으로 머리를 긁적였다.

"내가 무슨 결벽증 환자예요? 그리고 형이 거기서 왜 나와요?"

"환자 맞지. 내가 그렇게 곡 하나 달라고 부탁할 때는 눈길 한번 주지 않더니, 성률아, 그러는 거 아니다."

"주고 싶은 마음이 없었으니까 안 줬겠죠."

"그럼 지유 씨는 주고 싶었고?"

"네."

"하긴 나도 너랑 같은 생각이니까 인정해야겠다."

김동철의 말에 현우의 미간이 좁아졌다. 김동철이 송지유에게 손을 내밀었다.

"김동철이에요. 실제로 보니까 훨씬 예쁘네요. 팬입니다."

"소, 송지유입니다, 선배님! 만나 뵙게 되어 영광입니다."

"내가 더 영광이죠. 성률이가 곡 하나 준다고 했죠?"

"네, 네."

"나도 지유 씨한테 곡 하나 주고 싶은데 괜찮겠어요?"

"네. 네?"

송지유가 깜짝 놀라며 반문했다. 그사이 훤칠한 체구에 금색 안경을 쓴 사내가 또 모습을 드러내었다.

"지유 씨가 놀라잖아. 앞뒤 다 자르고 대뜸 곡부터 주겠다고 하면 어떻게 해?"

등장인물의 정체에 현우는 아연실색했다. 김동철도 모자라 싱어송라이터이자 90년대 최고의 발라드 프로듀서인 최현까지 등장했다.

장성률과 김동철, 그리고 최현. 세 사람 모두 대한민국에서 내로라하는 싱어송라이터들이다. 그리고 이 셋이 한자리에 모였다.

현우는 도깨비에 홀린 것 같은 기분이다. 장성률을 만나러 왔는데 갑자기 거물급 인사가 두 명이나 더 나타났다.

당황스러워하고 있는 현우 일행을 살펴보며 최현이 가볍게 웃었다.

"반갑습니다. 최현입니다. 원래는 성률이가 이야기를 끝내면 올라오려고 했는데 동철이가 타이밍을 잘못 맞췄네요. 실례했습니다."

"아, 아닙니다. 어울림의 김현우입니다."

현우는 최현에 이어 김동철과도 악수를 나누었다. 대체 세 사람이서 무슨 이야기를 나누었는지 당장에라도 묻고 싶었지만, 가요계의 거물들에게 함부로 말을 꺼낼 수는 없었다.

"성률아, 네가 설명을 해야 할 것 같다."

현우의 시선이 자연스레 장성률에게로 향했다.

장성률이 비워진 찻잔에 차를 따라주었다. 향긋한 차향이 다시금 작업실을 맴돌았다.

"얼마 전에 우리 아이들을 데리고 외출했다가 근처 카페에 들렀습니다."

멍멍!

레브라도 두 마리가 자신들의 이야기에 꼬리를 흔들었다.

"조용히 커피를 마시고 있는데 제 노래가 흘러나오더군요. 그리고 동철이 형 노래도 나왔어요. 반가운 마음에 젊은 사장님한테 물어봤습니다. 옛날 노래들을 좋아하느냐고 말이죠."

장성률이 찻잔을 입으로 가져갔다. 그런 후에 다시 입을 열었다.

"사장님이 이렇게 말하더군요. 자기가 선곡한 노래들을 듣기 위해 찾아오는 단골도 많다고 말입니다. 저를 알아보는 거 같지 않아서 호기심에 물어봤습니다. 왜 장성률이나 김동철같이 지금은 활동도 제대로 하지 않는 가수들 노래를 좋아하냐고 말이죠. 그런데 그분이 이렇게 말했습니다. 요즘은 걸 그룹이나 보이 그룹, 아니면 R&B 가수들밖에 없어서 좋은 발라드 음악을 듣고 싶어도 그 노래를 불러주는 가수들이 몇 없다고 말입니다. 그래서 흘러간 옛 노래들을 자연스레 많이 듣게 된다고 하더군요."

조용히 차를 마시는 장성률은 무거운 표정을 하고 있었다.

"어릴 때부터 장성률을 좋아했는데 몇 년에 한 번 곡을 내주니 이제는 팬을 떠나서 음악을 좋아하는 한 사람으로서 아쉽다고 말씀하시는데, 그 이야기를 듣는 순간 너무 죄송스럽고 창피했습니다. 인사도 제대로 못 하고 카페를 나와야 했어요. 음악인의 삶을 살고 있다고 자부하면서도 어느새 타성에 젖어 있던 겁니다, 저는."

장성률은 자기 고백을 하고 있었다. 김동철과 최현도 장성률과 마찬가지로 무거운 표정이었다.

'확실히 카페 사장의 말이 틀린 건 아니야.'

한국 가요계를 크게 3등분하자면 댄스, 발라드, R&B로 구분할 수 있다. 댄스 음악은 한류를 주도하고 있는 아이돌 그룹을 통해 전성기를 구가하고 있었다. R&B도 이제는 가장 대중적인 장르로 자리를 잡고 있는 상태였다.

하지만 80년대 중후반과 90년대 초중반에 걸쳐 가장 많은 아티스트를 배출한 발라드 장르는 근래에 들어서 이렇다 할 대표 가수가 몇몇밖에 없는 실정이었다.

물론 아직도 발라드 장르를 대표하는 대형 가수들이 존재하긴 하지만, 카페 사장과 같이 발라드 음악을 좋아하는 사람들에게는 지금의 상황이 아쉬울 수밖에 없었다.

가요계의 전반적인 흐름 탓이긴 했지만, 냉정히 본다면 타성에 젖어 있다는 장성률의 말은 틀린 말이 아니었다.

그나마 장성률이 2, 3년에 한 번꼴로 곡을 발표할 뿐 한때 가요계를 주름잡던 싱어송라이터들은 대부분 곡을 발표하지 않고 있었다.

이곳에 함께 있는 김동철과 최현도 마찬가지였다.

"며칠 전에 현이 형이랑 동철이 형을 만나서 제가 한 가지 제안을 했습니다. 우리 셋이서 제대로 된 곡을 만들어서 그동안 우리를 기다려 준 팬들에게 보답하자고 말입니다. 그래서 김 대표님께 제가 따로 연락을 드린 겁니다. 저희 셋이 만든 곡을 지유 씨한테 주고 싶습니다, 대표님."

장성률의 제안에 현우는 크게 놀랐다. 당사자인 송지유는 눈을 동그랗게 뜨고 현우와 장성률만 번갈아 보고 있었다.

'이게 대체 무슨 일이지?'

어느 정도 예상은 하고 있었지만 전설적인 싱어송라이터들이 송지유를 자신들의 뮤즈로 점찍고 있었다.

호박이 넝쿨째 굴러오다 못해 쏟아지고 있었다.

"하지만… 저는 아직 많이 부족해요, 선배님."

송지유가 조심스레 대화에 끼어들었다. 천하의 송지유가 긴장하고 있었다.

"아니요. 지유 씨는 부족하지 않습니다."

"맞습니다. 성률이가 포장마차에서 WE TUBE를 보여줬어요. 보고 바로 지유 씨로 결정했습니다."

김동철이 장성률을 거들었다.

"지유 후배님, 우리를 좀 도와줘요. 셋이서 뭉쳐서 곡을 발표했는데 개망신을 당할 수는 없습니다. 지유 후배님이 우리를 도와줘야 합니다."

최현까지 나섰다.

"제가 선배님들에게 도움이 될 수 있을까요?"

"우리가 노래를 부르면 의미가 없습니다. 인정하기는 싫지만 이제 우리는 흘러간 옛 가수에 불과합니다."

최현이 쓴웃음을 머금었다. 그리고 다시 말을 이어갔다.

"사람들이 우리의 음악에, 그리고 발라드에 다시 귀를 기울이게 만들려면 지유 후배님의 목소리가 꼭 필요합니다."

최현의 목소리에는 확신이 담겨 있었다.

"……."

송지유가 살짝 입술을 깨물고 현우를 쳐다보았다. 현우가 빙그레 웃었다.

"지유야, 네 생각이 어떨지는 모르겠지만, 선생님들이랑 같이 작업을 한다는 것 자체만으로도 너에겐 엄청난 기회야. 잘 생각해 봐."

마음 같아서는 감사하다며 절이라도 하고 싶은 심정이었다. 하지만 현우는 송지유의 의사가 가장 중요하다고 생각했다. 억지로 강요해서 원하는 바를 이루는 소속사 대표가 되고 싶지는 않았다.

"……."

송지유는 굳게 입을 다물고 있었다.

장성률과 김동철, 최현이 초조한 얼굴로 송지유의 눈치를 살피고 있다.

가요계 관계자들이나 곡을 받고 싶어 하던 가수들이 본다면 기절초풍할 일이 지금 이곳에서 벌어지고 있었다.

잠시 고민하던 송지유가 마침내 입을 열었다.

"한번 해볼게요. 부족하지만 잘 부탁드립니다."

"하하! 잘 생각했어요, 지유 씨!"

장성률이 함박웃음을 지었다. 김동철과 최현도 송지유의

결정을 반겼다.

"김 대표님, 괜찮겠습니까? 괜히 성률이 때문에 지유 후배님 앨범 작업에 지장이 가는 건 아닙니까?"

최현이 최종 확인차 현우에게 물었다. 현우가 빙그레 웃으며 고개를 저었다.

"아닙니다. 그렇지 않아도 지유 후속 앨범을 두고 저희 어울림에서도 회의를 거듭하던 중이었습니다. 그러던 찰나에 이렇게 큰 기회가 왔으니 지유도 그렇고 저희 어울림 입장에서도 기분 좋은 일이죠."

"그렇다면 마음을 놓겠습니다. 오래간만에 앨범 프로듀싱을 할 생각을 하니 좀 흥분이 되는데요?"

"최현 선생님께서 프로듀싱을 해주신다면 저희야말로 영광입니다. 저희 프로듀서한테도 많은 지도를 부탁드리겠습니다."

"최선을 다해서 배우겠습니다, 선배님!"

"네. 잘 부탁합니다, 후배님."

최현이 오승석의 어깨를 두드려 주었다.

"발라드가 어떤 음악인지 한번 제대로 보여줍시다."

김동철이 현우에게 손을 내밀었다. 현우가 김동철의 악수를 받았다.

"곡은 제가 한 곡, 동철이 형이 한 곡, 그리고 현이 형이 한 곡을 지유 씨에게 줄 예정입니다. 지유 씨나 대표님께서 원하시면 더 드릴 수도 있습니다."

장성률의 말에 현우는 속에서 터져 나오는 웃음을 꾹꾹 눌러 담았다. 장성률과 김동철도 모자라 최현에게까지 곡을 받게 되었다. 단순히 곡비로만 따져도 어마어마한 가치였다.

"세 분께 한 곡씩 받는 것만 해도 대단한 일입니다. 충분합니다. 자세한 일정과 사항은 저희 어울림에서 나누시는 건 어떨까요?"

"좋네요. 지유 씨 회사 구경도 하고 재밌을 것 같습니다. 밥은 대표님께서 사주시는 거죠?"

"물론이죠. 저희 회사 근처에 유명한 삼겹살집이 있거든요. 만족하실 겁니다."

현우가 씩 웃으며 말했다.

*   *   *

강남의 수입 외제차 전시장 앞에 초록색 봉고차가 멈추어 섰다. 현우와 송지유를 발견한 손태명이 봉고차로 향했다.

"정호 형님이랑 승석이는?"

"음악하는 사람들끼리 한잔한다고 해서 나랑 지유만 겨우 빠져나왔다."

"그래? 갔던 일은 어떻게 됐어?"

"지유한테 곡을 주시기로 했어. 지유 어머니의 곡을 원곡에 가깝게 완벽하게 만들어놨더라. 지유도 좋아했고."

"역시 장성률답네."

"그리고 김동철 선생님이랑 최현 선생님까지 지유한테 곡을 주신단다. 최현 선생님은 앨범 프로듀싱까지 해주시겠다는데?"

"……"

너무 놀라 손태명은 할 말을 잃고 말았다.

"진짜야?"

"응. 세 분이 똑같이 지유 팬이라고 하더라. 못 믿겠으면 지유한테 직접 물어봐."

"지유야, 진짜 현우 말이 맞는 거야?"

"네, 태명 오빠. 저도 많이 놀랐어요."

"승석이 말대로 갓 지유다, 갓 지유. 그런 대단한 분들까지 우리 지유 팬이라니 말이야."

세 사람이 대화를 나누는 사이 길을 지나던 사람들이 조금씩 송지유를 알아보기 시작했다.

"일단 전시장으로 들어가자."

현우가 먼저 발걸음을 옮겼다.

전시장으로 들어서자 미리 연락을 받은 딜러들과 직원들이 양옆으로 늘어서서 현우 일행을 반겼다.

특히 사람들의 시선이 송지유에게 집중되어 있었다. 분홍색 블라우스에 스키니 진, 그리고 하얀색 운동화. 수수한 옷차림 이었지만 그 자체만으로도 송지유는 빛을 발하고 있었다.

송지유가 선글라스를 벗자 여기저기에서 감탄사가 터져 나왔다.

"어울림 엔터테인먼트 대표 김현우입니다. 손태명 실장이 미리 예약을 했다고 들었습니다."

"네? 아, 예예! 이쪽으로 오시죠."

넋을 놓고 있던 딜러가 급히 전시장 안으로 현우 일행을 안내했다. 전시장 안에 신형 밴이 주르륵 늘어서 있다.

"잠시 둘러보겠습니다."

"예, 얼마든지요."

현우는 천천히 밴들을 살펴보았다. 비싼 수입차답게 겉이며 안이 흠잡을 데가 없었다. 그동안 타고 다니던 초록색 봉고차 는 비교조차 될 수 없을 정도였다.

그러다 에메랄드 빛깔의 초록색 밴 앞에서 현우가 멈추어 섰다.

"이 녀석이 괜찮은 것 같은데? 지유야, 마음에 들어?"

송지유가 탈 밴이니 송지유의 의견도 중요했다.

"그래도 봉봉이보다는 못한 것 같아요."

"봉봉이?"

"네. 우리 봉봉이."

"언제부터 우리 봉고차가 봉봉이가 된 거야?"

"처음 봤을 때부터요."

송지유가 서운해하고 있었다. 의외의 모습이었지만 현우는 그저 귀엽기만 했다.

"음, 그렇다고 봉, 봉봉이를 팔거나 그러지는 않을 거야."

"진짜요?"

"응. 회사 주차장에 세워놓고 관리 잘해야지. 그래도 정이 많이 들었잖아? 가끔 타고 다닐 일도 있을 테니까 그렇게 서운해할 것까지는 없어."

"알았어요."

송지유가 순순히 고개를 끄덕거렸다.

"그럼 밴은 네가 골라봐. 어차피 네 거니까."

"이걸로 해요."

송지유가 방금 전 현우가 마음에 들어하던 초록색 밴을 가리켰다.

"그치? 봉봉이랑 비슷한 느낌도 나고, 이 녀석이 좋겠다. 이름이나 지어줘."

"봉식이."

송지유가 조그맣게 말하며 얼굴을 붉혔다. 그리고 그런 현우와 송지유를 보며 손태명이 웃음을 머금었다.

송지유가 타고 다닐 새 밴이 결정되자 손태명이 딜러를 불러왔다. 세금도 덜어내야 했기에 2년 리스로 계약했다.

"차량은 최대한 빠르게 양도해 드리겠습니다. 그리고 저, 죄송하지만 실례가 아니라면 송지유 씨 사인 좀 부탁드리겠습니다."

전담 딜러뿐만 아니라 다른 딜러들과 직원들까지 우르르 몰려들었다.

"네. 물론이죠."

송지유가 생긋 웃으며 정성스럽게 사인을 해주었다.

*　　　*　　　*

송지유의 새 밴을 구입한 현우는 인근 벤츠 수입 매장으로 향했다.

"오셨습니까, 대표님? 부탁해 놓으신 차량이 그렇지 않아도 오늘 막 들어왔습니다."

딜러는 현우가 부탁해 놓은 차량을 보여주었다.

"생각한 것보다 훨씬 크네."

손태명이 감탄 아닌 감탄을 했다. 현우가 특별히 부탁해 놓은 차량은 바로 15인승 승합차인 벤츠 스프린터였다.

"어쩔 수 없잖아. 곧 데뷔하면 아이들 데리고 이곳저곳 다녀야 하는데 밴 두 대를 끌고 다닐 수는 없는 일이야. 유지비도 그렇고 인력 낭비도 심해."

"그렇긴 한데, 이거 운전은 제대로 할 수 있을까?"

15인승 승합차라 길이가 상당히 길었다.

"어차피 영진이가 주로 운전할 텐데, 뭐. 그래도 연습은 해 둬."

"알았어. 바로 계약할 거지? 색깔도 네가 뽑은 거야? 초록색 이네?"

"어쩌다 보니 초록색으로 뽑았어. 왠지 그렇게 해야 할 거 같더라."

현우가 송지유를 보며 빙그레 웃었다.

송지유가 타고 다니는 초록색 봉고차가 처음 세상에 알려 졌을 때는 동정을 자아내기도 했고 또 웃음거리가 되기도 했 다.

하지만 지금의 위치에 와서는 초록색 봉고차는 송지유와 어울림을 상징하는 느낌이 강했다.

"얼굴천재지유 님이 그러는데 초록색 봉고차를 보고 있으 면 왠지 정감이 간대. 뭐랄까. 지유의 진실함이 느껴진다나?"

"그분 말씀은 좀 신빙성이 떨어지지 않아? 지유가 수레를 타고 다녀도 궁중 마차라고 할 사람이잖아."

"그렇긴 한데, 대중도 우리 봉봉이를 보고 호박 마차라고들

하니까. 아마 꽤나 아쉬워들 할 거야."

"그렇겠지?"

손태명이 고개를 끄덕거렸다.

"현우 네 말대로 팬들이 진짜 아쉬워하긴 하겠어."

"팬 서비스 겸 봉봉이도 가끔 타고 다녀야지."

"정말이죠?"

송지유가 대뜸 물었다.

"그래. 봉봉이라는 애칭까지 있는데 내가 어떻게 하겠냐."

현우가 피식 웃으며 말했다.

*　　　　*　　　　*

곧 데뷔를 할 프아돌 멤버들의 승합차까지 계약을 하고 현우는 손태명과 함께 송지유의 집으로 향했다.

문을 열고 들어가자마자 구수한 삼계탕 향기가 가득했다. 송지유의 외할머니 김윤희가 버선발로 현우를 반겨주었다.

"할머님, 냄새만 맡아도 배가 고픈데요?"

"그래요. 많이 배고프죠? 근데 여기 이분은?"

"친구 손태명입니다. 저희 어울림 실장이기도 하고요."

손태명을 살펴본 김윤희가 인자한 미소를 머금었다.

"잘 왔어요. 배고프죠? 많이들 먹어요."

김윤희는 직접 살까지 발라서 현우의 그릇에 놓아주었다.

"국밥집을 하셨다더니 음식 실력이 보통이 아니신데요? 삼계탕, 진짜 맛있습니다. 근데 지유 너는 삼계탕 할 줄 아냐?"

"언니는 요리 못해요. 라면도 못 끓일걸요?"

순간 송지유의 얼굴에 균열이 갔다. 여기서 더 놀리다간 무슨 일이라도 날까 싶어 현우는 황급히 화제를 돌렸다.

"태명아, 내일이었나?"

"맞아. 다들 바쁠 거야. 특히 현우 네가 가장 중요해. 무슨 말인지 알지?"

"알지. 걱정 마. 실장이 대표 걱정을 하는 기획사는 우리밖에 없을 거다."

"너도 알잖아. 중차대한 일인 거."

"알았다, 알았어."

그런 현우와 손태명을 김윤희가 흐뭇한 얼굴로 보고 있었다. 대화가 끝나자 김윤희가 얼른 닭다리를 찢어 현우와 손태명의 그릇에 놓아주었다.

근데 어쩐지 현우의 닭다리가 손태명의 닭다리보다 상당히 커 보였다.

*   *   *

"후우, 긴장되네. 김현우, 너는 안 떨려?"

"별로. 알잖아. 나 실전에 강한 스타일인 거."

현우와 손태명은 평소와 다르게 말끔하게 정장을 갖춰 입은 상태였다.

"들어가자, 태명아."

현우가 먼저 문을 열고 안으로 들어갔다. 익숙한 인물 한 명과 오늘 이 미팅의 주최자인 인물이 미리 도착해서 현우를 기다리고 있었다.

7장

인연은 기회를 싣고 I

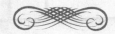

"어울림 엔터테인먼트의 대표 김현우입니다."

"실장 손태명입니다. 처음 뵙겠습니다."

현우와 손태명이 나란히 인사를 하고 의자에 앉았다.

테이블 너머로 다스케 쿠로가 부드러운 미소를 짓고 있었다.

그 옆에는 오늘 이 미팅의 주최자가 현우와 손태명을 살피고 있었다.

"여기 이분은 토모다 케이다 씨입니다."

어설프지만 다스케 쿠로가 한국말을 하고 있다. 현우가 다스케 쿠로를 보며 빙긋 웃었다.

그사이 토모다 케이다가 현우와 손태명에게 명함을 건네었다. 악수를 나누고 현우와 손태명도 명함을 건넸다.

　"후지TV 예능 본부 피디 토모다 케이다입니다. 반갑습니다."

　덥수룩한 머리에 낡은 청바지와 남방, 그리고 의자 옆에는 검은색 백팩이 놓여 있었다. 겉모습만 봐서는 아키하바라에서 쉽게 볼 수 있는 오타쿠 같았다.

　'괴짜 느낌이 물씬 풍기는데?'

　현우는 나름대로 토모다 케이다에 대해 추측했다. 트레이닝 룸 안으로 정적이 감돌려는 찰나 문이 열리고 훤칠한 체구의 청년이 나타났다.

　"헉헉! 죄송합니다! 비행기가 연착되는 바람에 조금 늦었습니다!"

　박수호가 거친 숨을 고르며 말했다.

　"왔냐? 이제 막 미팅 시작했으니까 괜찮아."

　"후우, 다행이네요. 늦을까 봐 미친 듯이 달려왔어요."

　"수고했어. 그럼 통역도 왔으니까 본격적으로 미팅을 시작해 볼까요?"

　현우의 말을 박수호가 얼른 통역했다. 토모다 케이다가 고개를 끄덕였다.

　"다시 한 번 인사드리겠습니다. 후지TV 예능 본부 피디 토모다 케이다입니다. 한국의 여러분을 만나게 되어서 정말 반갑습니다. 생방송 시간이 얼마 남지 않았으니 곧바로 본론부터 꺼내도록 하겠습니다."

토모다 케이다가 백팩에서 주섬주섬 파일들을 꺼내어 현우와 손태명에게 나누어 주었다. 기획안이었다. 친절하게 한국어로 번역되어 있어 현우와 손태명이 읽기에도 전혀 무리가 없었다. 프로그램의 명칭은 '쿠로의 골든 스페셜'이었다. 현우가 박수호를 쳐다보았다.

"맞아요, 현우 형님. 그 프로, 쿠로 씨가 진행하던 토크쇼 프로그램이에요."

"그렇지? 쿠로 씨, 드디어 방송 복귀를 하시는군요? 축하드립니다!"

현우의 얼굴이 환해졌다. 저번 복귀 방송 이후로 좀처럼 활동을 하지 않고 있던 다스케 쿠로이다.

그런데 그런 그가 자신을 상징하는 토크쇼 프로그램으로 복귀를 선언하고 있었다.

"다 현우 씨랑 아이들 덕분입니다."

다스케 쿠로가 부드러운 미소를 지으며 고개를 숙여 보였다.

"쿠로 씨가 저희 제작진에게 부탁을 했습니다. 복귀 방송의 첫 게스트로 고양이 소녀들을 모시고 싶다고 말입니다."

박수호의 통역을 전해 들은 현우는 놀란 얼굴로 다스케 쿠로를 쳐다보았다.

다스케 쿠로가 미소와 함께 고개를 끄덕이고 있었다.

'쿠로의 골든 스페셜에 우리 아이들을 출연시키고 싶다고?'

한창 일본에서 한류 몰이를 하고 있는 걸즈파워와 뷰티도 '쿠로의 골든 스페셜'과 같은 예능 프로그램에 출연하기까지 무려 1년이라는 시간이 필요했다.

S&H나 뷰티의 소속사인 파인애플 뮤직이 이 사실을 알게 된다면 기겁하고 놀랄 것이 분명했다.

뜨겁게 달아올랐던 머리가 조금씩 식어가며 현우는 서서히 이성을 찾아갔다.

한국에서는 프아돌을 통해 고양이 소녀들뿐만 아니라 서아라, 전유지 같은 연습생들도 엄청난 인기와 주목을 받고 있었다.

하지만 일본의 경우는 달랐다.

'쿠로의 골든 스페셜'은 일본 국민들이 가장 좋아하는 장수 예능 프로그램 중의 하나였다.

출연하는 게스트도 대부분 탑스타였다. 심지어 할리우드 스타들도 다스케 쿠로의 토크쇼에 출연하곤 했다.

고양이 소녀들이 일본에서도 팬덤을 구축하고 있기는 했지만, 아직 일본 대중들에게 그렇게까지 널리 알려진 건 아니었다.

만약 출연하게 된다면 데뷔도 하지 않은 걸 그룹 연습생들이 다스케 쿠로와의 친분을 이용해 출연하게 됐다고 불편해하는 불편러들이 분명 존재할 것이다.

물론 불편러들의 불편한 시선을 크게 의식하는 건 아니었다. 하지만 연예계에서 항상 사달은 그 불편한 분들 때문에 벌어지곤 했다.

"제의는 감사합니다. 하지만 쿠로 씨는 저희 아이들의 든든한 1호 팬입니다. 저 역시 쿠로 씨를 남이라고는 생각하지 않습니다. 아직 데뷔도 하지 않은 아이들을 복귀 방송의 첫 게스트로 출연시켜서 쿠로 씨의 명성에 금이 가는 일이 벌어지게 할 수는 없습니다."

현우의 결정에 잠자코 있던 손태명이 당황해했다.

"혀, 현우야, 이건 기회야! S&H에서 걸즈파워 애들 일본 데뷔시키려고 얼마나 많은 시간과 돈을 들였는지 너도 알잖아? 다스케 쿠로 씨랑 아이들의 인연은 한국이랑 일본 전 국민이 다 알고 있어! 전혀 문제될 게 없다고!"

"쿠로 씨에게 부담을 줄 생각은 절대 없어. 그리고 일본 사람들도 슬슬 한류에 지쳐가고 있어. 이런 상황에서 쿠로 씨의 배경을 이용해서 데뷔했다는 소리를 듣고 싶지는 않다."

"지쳐가고 있다고? 걸즈파워나 뷰티가 돈을 쓸어 담고 있는데? 뷰티는 올해 도쿄돔에서 단독 콘서트까지 했어. 그리고 지유 때를 생각해 봐. 무명 신인 가수가 무모한 형제들에 출연한다고 얼마나 말이 많았냐고. 별의별 말이 다 나왔어. 하지만 결국 지유도 실력으로 논란을 잠재웠잖아. 우리 아이들도 실력은 충분해. 논란이야 실력으로 극복하면 된다고."

손태명의 말은 모두 사실이었다.

하지만 현우는 생각이 달랐다.

일본 대중들이 한류에 열광하고 있다지만 슬슬 그에 못지않은 부작용이 나오고 있었다.

바로 일본 연예인들과 한류 연예인들의 대우 차이에서 나오고 있는 불만이었다.

해외 아티스트 대우를 받는 한류 연예인들은 일본 연예인들보다 상대적으로 높은 위치에서 일본 방송들을 소화하고 있었다.

그리고 점점 이에 불만을 갖기 시작하는 일본 대중들이 늘어나고 있었다.

또한 한국 대형 기획사들도 철저히 돈벌이로만 일본 시장을 대하고 있었다.

일본 현지 소속사들도 한국 대형 기획사들에게 편승해 오직 돈을 버는 데에만 혈안이 되어 있었다.

단적으로 예를 들자면 일본 아이돌들의 굿즈보다 한류 아이돌들의 굿즈가 배는 넘게 가격이 나갔다.

상술도 참 가지가지였다. 한 멤버의 사진 20장을 가지고 부채까지 팔아댔다.

그 부채를 다 모으려면 큰 액수가 필요했다.

상황이 이렇다 보니 일본 대중들과 한류 팬들이 불만을 가질 수밖에 없었다.

"이런 상황에서 우리 아이들이 쿠로 씨를 배경으로 해서 방송에 출연한다고 생각해 봐. 일본 대중들의 시선이 곱지는 않을 거야. 뷰티가 일본에서 크게 성공한 이유가 뭐라고 생각해? 걸즈파워처럼 기획사 규모가 커서? 일본 현지 소속사가 아이펙스라서? 아니야. 뷰티는 다른 일본 걸 그룹들처럼 밑바닥부터 치고 올라갔다고. 애초에 일본 팬들이 걸즈파워를 보는 관점이랑 뷰티를 보는 관점 자체가 달라. 일본 팬들은 뷰티를 반쯤은 일본 걸 그룹이라고 생각하고 있어. 그러니 팬들이 가지는 애정이 남다를 수밖에 없고."

손태명은 쉽사리 반박할 수가 없었다.

현우의 말이 맞았기 때문이다. 한국에서는 걸즈파워가 일본에서의 한류를 주도하고 있는 것처럼 알려져 있었지만 실상은 그렇지 않았다. 뷰티의 인기는 상상을 초월했다.

멤버 일곱 명 전원이 일본어를 능숙하게 구사했고, 소극장 공연부터 시작해서 지방 방송을 거쳐 주요 방송으로까지 진출했다.

그러면서도 한국 걸 그룹의 색채를 잃지 않고 있었다.

"태명아, 어울림을 생각하고 아이들을 생각하는 네 마음은 나도 알아. 하지만 아직은 시기상조야. 일단 국내 활동부터 시작해 보자. 국내부터 정복을 하고 일본으로 가자. 그렇게 차근차근 한 계단씩 올라가 보자고. 쿠로 씨 찬스를 쓰기에는 아직 너무 아깝잖아? 응?"

"그래, 김 대표. 내가 널 어떻게 이기겠냐?"

손태명이 허탈한 웃음과 함께 한숨을 내쉬었다. 그리고 대표로서의 현우를 보며 마음을 놓았다.

현우와 손태명이 서로를 보며 픽 웃었다. 다른 세 사람이 멍한 얼굴로 이쪽을 보고 있었기 때문이다.

"……"

박수호가 현우와 손태명을 번갈아 보며 통역을 해야 할지 말아야 할지 어쩔 줄을 몰라 하고 있었다.

"토, 통역할까요?"

"그대로 통역해 줘. 우리끼리 이러쿵저러쿵 떠들고 있으면 실례야."

"예!"

꽤 긴 대화였지만 용케도 박수호가 현우와 손태명이 나눈 대화를 통역했다.

통역을 전해 들은 다스케 쿠로는 큰 감동을 받은 상태였다.

"감사합니다. 현우 씨가 이렇게까지 저를 생각하고 있을 줄은 미처 몰랐습니다. 그리고 제가 생각이 얕았습니다. 팬심에 그만 눈이 멀어버렸네요."

"아닙니다. 다 저희 아이들을 아껴주셔서 그러신다는 걸 잘 알고 있습니다. 그리고 저희 1호 팬이자 은인이시기도 한데요. 쿠로 씨 찬스는 최대한 이득이 많을 때 써먹을 생각입니다. 그렇게까지 고마워하실 필요는 없어요."

현우가 장난스럽게 웃어 보이자 다스케 쿠로도 하하 웃음을 터뜨렸다.

그런데 현우를 쳐다보고 있는 토모다 케이다의 분위기가 확 달라져 있었다.

그저 한국 신생 기획사의 젊은 대표라고만 알고 있었는데, 일본 내 한류의 맥을 정확하게 짚고 있었다.

토모다 케이다는 현우를 다시 봤다.

그리고 그의 눈동자가 매서워졌다.

"저희 후지TV에서도 올해 말부터 한류 드라마 수입을 30% 정도 줄이려는 계획 중에 있습니다. 다른 방송국들도 사정은 비슷할 겁니다."

일본 내 한류 붐의 시초인 한국 드라마가 가장 먼저 인기를 잃어가고 있었다.

완성도가 높고 배우들의 외모와 연기력은 훌륭했지만 소재가 너무 한정적이었다. 소재가 반복되다 보니 일본 대중들도 점점 흥미를 잃고 있었다.

"김 대표님의 말씀대로 뷰티를 제외하면 일본인들에게 친근감을 줄 수 있는 한류 가수는 거의 없다고 봐도 무방합니다. 일본인들은 다른 나라의 문화에 개방적인 것 같아 보이지만 실상은 그렇지 않습니다. 그 누구보다도 배타적이죠. 조금만 허점을 보이거나 질린다고 생각하면 일본인들은 철저히 외면할 겁니다. 아, 이야기가 잠시 다른 데로 흘러갔군요. 그럼 게스트 제의는 거절하시겠다 이 말입니까?"

"거절은 아닙니다. 당분간 보류를 부탁드립니다. 아이들이 한국에서 먼저 정상에 선 다음 떳떳하게 쿠로 씨의 방송에 나가고 싶습니다."

"좋습니다. 그럼 그렇게 하죠."

하지만 막상 결과가 이렇게 되다 보니 약간은 아쉬운 마음이 들었다. 그래도 당장의 이익에 눈이 멀어 소탐대실을 할 수는 없었다. 일단은 국내에서의 입지를 완벽하게 다져 놓는 게 순서였다.

"그러면 프로듀스 아이돌 121에 출연한 고양이 소녀들의 분량은 따로 편집하겠습니다. 분량이 많아 아쉽기는 하지만 어쩔 수 없는 일이죠."

다스케 쿠로가 토크쇼 복귀 선언을 하면서 '쿠로의 골든 스페셜' 제작진은 그의 근황과 일상을 다큐 형식으로 담고 있었다. 그리고 그중 가장 집중적으로 담은 부분이 바로 고양이 소녀들과 '프로듀스 아이돌 121'이었다.

다스케 쿠로가 슬럼프를 극복하고 방송 복귀를 선언한 가장 큰 이유가 바로 고양이 소녀들이었기 때문이다.

하지만 고양이 소녀들의 게스트 출연이 미루어졌고, 이 많은 분량을 다 방송에 내보낼 수는 없었다.

현우와 토모다 케이타의 대화를 지켜보고 있던 다스케 쿠로가 조용히 입을 열었다.

"케이다 피디님, 우리 아이들 분량이 어느 정도나 됩니까?"

"대략 30분 정도는 될 겁니다. 복귀 방송 특집으로 두 시간 편성을 잡아놓았습니다. 한 시간은 쿠로 씨의 근황 다큐로, 그리고 나머지 한 시간은 고양이 소녀들과의 토크쇼 분량으로 방송에 나갈 예정이었습니다. 그래서 지금 골치가 아픕니다. 게스트도 새로 섭외해야 하고 한국 편 분량도 줄여야 하니 말입니다."

"우리 아이들을 그대로 방송에 내보내 주십시오."

다스케 쿠로가 파격적인 제안을 했다. 토모다 케이다가 의아한 얼굴을 했다.

"정말입니까? 그럼 게스트에게 주어지는 시간은 고작 한 시간입니다. 출연을 결정해 줄 게스트를 찾기가 쉽지 않을 겁니다."

갑자기 상황이 이상하게 흘러가고 있었다. 긴장하고 있는 현우와 달리 다스케 쿠로가 부드러운 미소를 지었다.

"걱정 마세요. 출연을 해줄 게스트들이 있습니다."

순간 현우의 뇌리 속으로 한 가지 생각이 스치고 지나갔다.

'설마 그 만담 듀오?'

그리고 현우의 예상은 정확하게 맞아떨어졌다.

"겐키랑 겐지를 제가 섭외하겠습니다, 케이다 피디님."

겐키와 겐지. 만담 듀오 겐겐즈라 불리며 일본에서 크게 인기를 끌고 있는 MC 겸 개그맨들이다. 그리고 그들은 다스케 쿠로가 복귀를 선언하며 출연한 '화려한 식탁'의 진행자들이기도 했다.

"쿠로 씨, 저희 때문에 무리를 하실 필요는 없습니다. 편집을 해도 괜찮습니다. 어차피 다음번에 게스트로 출연하는 건 변함없는 사실이니까요."

"아닙니다. 그 녀석들도 이제는 고양이 소녀들의 열렬한 팬이거든요. 오히려 좋아할 겁니다."

"그렇습니까?"

현우는 깜짝 놀랐다. 설마하니 만담 듀오 겐겐즈가 아이들의 팬이 되었을 줄은 꿈에도 몰랐다. 그리고 다스케 쿠로의 복귀 방송 첫 게스트로 만담 듀오 겐겐즈라면 충분하고 남았다.

그리고 그들 역시 아이들의 팬이었다. 아이들과 프아돌 분량을 편집할 필요도 없어졌다.

'다행이다!'

현우의 얼굴이 밝아졌다. 다스케 쿠로를 향해 현우가 정중하게 고개를 숙였다.

"감사합니다, 쿠로 씨. 또 저희 아이들을 위해서 이렇게 큰 배려를 해주시는군요."

"하하, 아니에요. 우리 아이들이 방송에 1분이라도 더 나가는 게 저한테는 큰 기쁨입니다. 그리고 그 녀석들도 우리 아이들의 분량이 더 나오게 된다고 좋아할 겁니다. 일본 시청자분들도 겐겐즈가 출연하면 재미있어할 테니 한국 속담으로 일석이조 아니겠습니까?"

"하하! 맞습니다. 언젠가 쿠로 씨에게 꼭 보답하겠습니다."

"우리 아이들을 훌륭하게 데뷔시켜 주시면 그게 보답입니다, 현우 씨."

현우와 다스케 쿠로가 서로를 보며 웃었다. 1등 팬 다스케 쿠로가 현우는 너무나도 든든하고 또 고마웠다.

그렇게 미팅은 화기애애하게 끝이 났다. 이제 '프로듀스 아이돌 121'의 마지막 생방송이 남아 있었다. 자리를 정리하고 일어나려는데 토모다 케이다가 손을 들어 보였다.

"김 대표님, 한 가지 부탁을 드려도 되겠습니까?"

"얼마든지요. 제가 할 수 있는 한에서는 최선을 다하겠습니다, 케이다 피디님."

"겐겐즈가 고양이 소녀들의 팬이라면 토크쇼 주제도 그쪽으로 가는 게 맞다고 생각합니다. 오히려 더 잘된 셈입니다. 오늘이 데뷔 조 마지막 공연이라고 하셨죠?"

"네, 그렇습니다. 열세 명의 데뷔 멤버들이 팬 서비스 차원에서 오리지널곡 무대를 선보일 예정입니다."

"그 무대를 추가로 촬영하고 싶습니다."

현우와 손태명이 서로를 보며 눈동자를 빛냈다. 생방송 공연 영상이 일본 전역에 나가게 될 커다란 기회가 찾아온 것이다.

"MBS 제작진에게 양해를 구해야 하는데 가능하겠습니까?"

"물론입니다."

후지TV를 통해 '프로듀스 아이돌 121'이 홍보된다면 MBS 측에서도 쌍수를 들고 환영할 일이었다.

'일석이조가 아니라 일석삼조인데?'

현우가 입가에 진한 미소를 짓고 있었다.

『내 손끝의 탑스타』 5권에 계속…

이제부터 전자책은

이젠북

www.ezenbook.co.kr

새로운 세계가 열린다!

김재한 『성운을 먹는 자』　　철백 『대무사』
니콜로 『마왕의 게임』　　가프 『궁극의 쉐프』
이경영 『그라니트:용들의 땅』　　문용신 『절대호위』
탁목조 『일곱 번째 달의 무르무르』　　천지무천 『변혁 1990』
강성곤 『메이저리거』　　SOKIN 『코더 이용호』

이름만 들어도 황홀할 정도의 별들의 향연!
이들의 "유료연재"가 시작됩니다!

검색창에 **이젠북**을 쳐보세요! ▼

초대형 24시 만화방

신간 100%, 샤워실, 흡연실, 수면실(침대석), 커플석, 세탁기 완비

■ 광명 광명사거리역점 ■

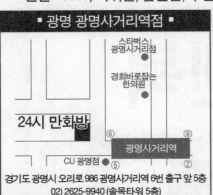

경기도 광명시 오리로 986 광명사거리역 6번 출구 앞 5층
02) 2625-9940 (솔목타워 5층)

■ 강북 노원역점 ■

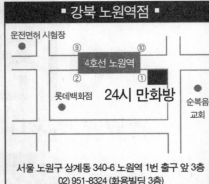

서울 노원구 상계동 340-6 노원역 1번 출구 앞 3층
02) 951-8324 (화용빌딩 3층)

■ 일산 정발산역점 ■

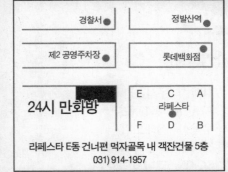

라페스타 E동 건너편 먹자골목 내 객잔건물 5층
031) 914-1957

■ 일산 화정역점 ■

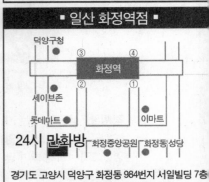

경기도 고양시 덕양구 화정동 984번지 서일빌딩 7층
031) 979-4874 (서일사우나 건물 7층)

■ 부천 역곡역점 ■

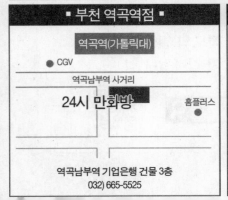

역곡남부역 기업은행 건물 3층
032) 665-5525

■ 부평역점 ■

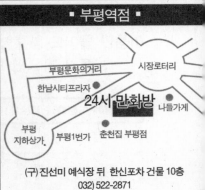

(구) 진선미 예식장 뒤 한신포차 건물 10층
032) 522-2871

FUSION FANTASTIC STORY

박선우 장편소설

스크린의 별

비호감을 불러일으킬 정도로 못생긴 외모를 가진 강우진.

우연히 유전자 성형 임상 실험자 모집 전단지를
발견한 그는 마지막 희망을 걸고
DNA를 조작하는 주사를 맞게 되는데…….

과거의 못생겼던 강우진은 잊어라!

**세상에서 가장 아름다운 사나이.
그가 만들어가는 영화 같은 세상이 펼쳐진다!**

Book Publishing CHUNGEORAM

유행이 아닌 자유추구 -
WWW.chungeoram.com

크레도 장편소설
FUSION FANTASTIC STORY

톱스타 이건우

열정만으로 성공하는 것은 아니다!

어중간한 실력으로 허송세월하던 이건우.

그의 앞에 닥친 갑작스러운 사고와 함께 떠오르는 기억.

'나는 죽었는데 살아 있어. 그건 전생? 도대체……'

전생부터 현생까지 이어지는 인연들.
그리고 옥선체화신공(玉仙體化神功)…….

망나니처럼 살아온 이건우는 잊어라!
외모! 연기! 노래!
삼박자를 모두 갖춘 최고의 스타가 탄생한다!

Book Publishing CHUNGEORAM

유행이 아닌 자유추구 -
WWW. chungeoram.com